Quizá en otra vida

Gabriela García

Texto: Gabriela Alejandra García Rodríguez
Ilustración de portada y prólogo: Christian Wise
Edición: 1
Primera edición: Noviembre 2017
ISBN: 9781973193678

Prólogo

Acérquense,

intenten despejar la mente durante las 200 páginas, 2 partes y 25 años que encierra este trozo de vida que ahora tienen entre las manos.

Verán, de pequeño aprendí oyendo a mis mayores decirlo, que para entender la grandeza del cielo, también es necesario saber del infierno.

Así que aquí vengo, a presentarles la versión extendida de un tropiezo que supo a gloria, el cuaderno de bitácora de un destrozo precioso. La guía de una travesía por la luna.

Sucedió, sin que el ruido de sus pisadas alterase mi vida.

Como un diente de león en medio de un campo de batalla, el viento me trajo de sus letras y aprendí entre sus páginas la cura a toda derrota.

Las victorias cantadas en su nombre, los brindis y los bailes. Las trincheras en las que nos invitaba a refugiarnos fueron otras 57 páginas y una declaración de intenciones.

Yo iba tan a toda hostia, que cuando sus manos me sujetaron, me quedé aterrado.

Hablo de esas manos corazón que traen la suerte en el reverso y una cruz con la que plantarle cara a la vida.
Esas manos escribiendo tras la pantalla de un móvil sobre todos los fracasos, como si el desgarrarse la piel fuera sinónimo de abrazo.

Esas manos que me invitarían a recorrer los veinte escalones y medio, que hay entre el lugar donde duermen sus monstruos y Madrid.

Ese pequeño espacio que conseguimos mantener a raya con,

¿en veinte minutos un helado?

¿Qué haces?

Nada, en la plaza.

¿Nos vemos un rato y nos cagamos en el mundo, juntos?

Hablo de su pasado,

ese que de vez en cuando venía a ocultar el Sol de su mirada.

Ese que llegaba como un depredador agazapado haciendo de presa sus sueños, dispuesto a destrozar sin piedad el mundo que ella tanto había salvado.

Yo la he visto ser lluvia,

mojar de rabia e impotencia las ventanas de todas las estaciones donde ella se divertía perdiendo esos trenes que el resto perseguimos.

Yo la he visto ser,

entre la líneas de un cuaderno sin renglones, marcando el ritmo con los pies y la vida con sus pasos.

La he visto radiante entre la oscuridad,

a su manera, ocupa las portadas de todas las mentes que se cruza de camino a cualquier parque, desfila en bibliotecas y llora escondida entre libros y trozos de historias que jamás le contó a nadie.

Ella es una estación cambiante, irradia un calor sofocante con solo mirar y congela con solo dejar de hacerlo.

Es invierno, las llamas crepitando en la hoguera, las lágrimas por el viento, los copos cayendo sobre las mejillas, lanzarse desde cualquier colina helada y las risas de las caídas por mucho que dolieran.

Es primavera, sus manos traen tantas semillas que florece todo lo que toca. Su acento es el canto de las golondrinas retornando del exilio impuesto por el frío. Tiene tantas rosas que se cree de espinas y puede hacer crecer el campo de mis ilusiones con solo regarme de abrazos.

Es un verano en el sur, las calas de esas playas que soñábamos con descubrir y yo descubrí entre sus manos, las noches de guitarra y parque, debates en la plaza hasta las tantas, el sudor ciñendo la ropa.

Y es otoño.
Sobre todo es otoño.

Las hojas cayendo entre sus pasos, el crujir del suelo en cada salto, la lluvia de sus ojos, el viento de sus labios. La ropa ganándole la partida al frío entre fotos a blanco y negro y el color de sus sueños. Botas altas y altos vuelos. Dolor y rabia a madres iguales. El color de su pelo.

Ella una vez decidió mirarme y descubrió en mí una lista de errores y vanidades. Yo era solo el proyecto inacabado de alguna trama celeste que me invitaba a descubrirme entre pinceles y vértigo al primer beso a un papel en blanco. La primera vez que la vi iba tan distraído que tuve que chocar con su sonrisa para darme cuenta de toda la vida que me había perdido. Me habló de lo vale el alma al otro lado del charco, lo roto que puede estar uno y seguir sonriendo y las ganas de acabar con todo cuando todo parece acabado.

Me habló de las letras de esas canciones que le arropaban por las noches y así fue llenando de melodías mis recuerdos.

De páginas mis calendarios.

Como este libro.
Llenándolo todo de ese vacío que siento en el estómago cuando la miro y sonríe.

Este, es el oasis que yo solo pude ver espejismo hasta sus pupilas.

Pasen y siéntanse cómodos entre los aleteos de la chica de la luna.

Las noches de insomnio corri(gi)endonos los errores darán cuenta de las metas que alcanzó solo con dejar en mis manos este trozo de sí misma, porque nunca le ha importado demasiado dejarse partes de su corazón, ni en el papel, ni en el resto y aquí vengo a presentarles la fuerza con la que me reparó.

Y yo lo sé, porque ella me lo ha enseñado.

Hoy también sé que las heridas cuentan el doble sólo cuando no las ocultas y les aseguro que no he visto a nadie lucir el dolor como broche y parecer tan fuerte.

Fue así como yo dejé de ocultar las mías.

El hilo de sutura corre a cargo de los descosidos que trae en las banderas de todas esas ciudades en las que alguna vez se dejó la vida, porque ella es así.

De dejarse los dientes en cada mordisco.

Lo sé, la he visto hacerlo.
Apretar la vida con las manos y aferrarse tan jodidamente fuerte al presente, que ahora sé que todos mis futuros llevan la mitad de su nombre.

"¿Te imaginas que algún día tengo que escribirte un prólogo?

Yo tampoco."

Bien,
pues aquí estamos.

Christian Wise

Este libro ha documentado las horas y minutos exactos en los que mi yo del pasado decidió sentarse en algún café, parque, en la sala de casa, en alguna calle, en algún lugar de Madrid a escribir todo eso que el corazón le pedía.

Quiero creer que si hay horas que coinciden es porque en algún momento en otro tiempo, en otra vida, mi otro yo estuvo buscando la manera de salvarse, de curarse; de cualquier forma que en otras vidas haya logrado hacerlo, ya sea escribiendo o no. Justo en ese instante que marca el reloj estaba dejando salir todo eso que me pesaba y aquí quedan grabadas las letras que han dolido hasta ahora en esta vida.

Imagino que si comienzas esta aventura conmigo es porque estás buscando algo,
una respuesta, una palabra de aliento,
una manera de entender, de seguir.

Hay algo que es completamente seguro en esta vida y es que las cosas no van a ir siempre bien, puede que hasta vayan mal la mayoría del tiempo pero te prometo, aunque no lo sepa con seguridad que siempre,
siempre,
siempre,
vas a poder.

Lo vas a lograr,
vas a estar bien.

Estaremos bien.

Gracias mamá,
Carlos, Yumi,
por estar,
por quedarse,
en la distancia,
en la tormenta,
en la calma.

Por seguir aquí.

Gracias Chris,
por llegar,
por creer en mí,
por hacer camino conmigo.

3:37

Contigo,
no quiero diciembre.

Contigo yo quiero enero,
enamorarnos cada día de febrero,
conocernos cada vez más en marzo,
besarnos sin parar en abril,
vivir al máximo en mayo.

Salir a pasear cada día de junio,
disfrutar los mejores veranos en julio,
escaparnos del mundo en agosto,
despertar cada día juntos de septiembre,
disfrazarnos los miedos en octubre,
no dejar de mirarnos en noviembre,
y que vuelva diciembre.

Qué más da,
quédate también
y empecemos de nuevo en enero,
pero siempre juntos.
Todo contigo,
nada sin ti.

Así se viven los mejores años:
a tu lado.

3:43

Hay personas
que dicen que el silencio
también es una respuesta,
que es un idioma.

A mí me gusta más la verdad,
la cruda verdad.

Sí o no.
Blanco o negro.
Me quieres
o tengo que intentar
dejar de quererte.

La vida juntos
o el olvido.

Y así.

Y es que por más
que la verdad
a veces sea cruel,
el silencio mata.

Y yo,
sin escucharte,
no quiero morir.

3:46

Hay personas
que son bombas nucleares
y simplemente existen
para explotarte la cabeza,
para incendiarte el corazón.

Existen solo para hacer
volar tu mundo.

Ahora,
a veces estas personas
son pura magia,
y otras veces

son el puto infierno.

4:01

Lo único
que yo quería
era conocerte.

Pero, qué va,
no puedes hacer
entender a alguien
que quieres hacerle feliz.

Es más fácil huir,
pretender que nunca existí,
que aceptar lo único
que quería darte:
mi vida.

Me quedé con las ganas
de cambiarte la vida,
y mientras tanto,
tú sigues como si nada
sin la más mínima idea
de cómo cambiaste la mía
para siempre,
por el simple hecho
de existir.

4:09

Y es que después
de haber dormido tanto sola,
vivido todo sola,
una no se conforma
con cualquier compañía.

Aunque a veces
llegan personas
por las que crees
que vale la pena
intentarlo de nuevo.

Y al final lo mismo,
lo de siempre.

O se van
cuando ni siquiera ha empezado
o te dejan,
cuando ya se han convertido en todo.

Entonces mejor
mantener cerrado el corazón
con candados y llaves,
hasta que llegue alguien
que se quede a descifrar
cualquier tipo de seguridad
y combinación
que le vayas a poner.

4:13

Solía entristecerme
el hecho de que
todo me hiere
muy fácilmente,
que siento todo
muy profundamente.

Que ha sido más
lo que las personas
se han aprovechado
y me han herido,
que lo que me han
llegado a conocer y
querer quedarse a vivir
en mi infierno.

Ya no me pone triste,
porque de ahí sale todo esto.
Que mágico sentir así,
que mágico poder escribir así,
que mágico vivir así.

Ahora,
me entristece
y mucho,
esas personas que
no son capaces de sentir nada.
Que pasan su vida
en automático,
sin emoción,
sin alegría,
sin amor,
sin vida.

Todo por miedo,
por cobardía,
por no saber querer,
por no saber quedarse.

Sé que me falta
conocer muchas personas así
pero ahora lo veo
de otra manera,
porque si todo este dolor
resulta en toda esta magia
de escribir,
aquí estaré esperando.

Nunca ha valido tanto la pena
estar tan rota.

4:33

El azul se ha convertido
en mi color menos favorito.
Azul de tristeza,
azul de frío,
del frío que trae invierno,
azul de noches largas,
azul del mar infinito
pero la vida tan corta.

Ese azul de tus hermosos ojos
que tanta felicidad me traen.

Pero el peor de todos,
el maldito azul del WhatsApp
todo el tiempo.
Como si fuese tan difícil
entender que me importas.

Voy a volver a prometerme
que no te volveré a escribir,
pero ya sabemos
cómo terminará esto.

5:08

La de los labios rojos,
la del escote,
la de las ojeras
cubiertas en maquillaje,
la de la sonrisa perfecta,
la que se cambia el cabello
cada vez que va a empezar
una revolución,
la que no le teme a nada
y a veces a todo,
pero igual vive,
igual lucha,
igual arriesga.

La que sufre de insomnio,
la que camina por todo Madrid
sin importar la hora,
la que se va de paseo
cuando le apetece, sola.
La que le encanta descubrir
cafés,
esquinas,
parques,
todo rincón que la inspire.

La que baila sin parar
un sábado en la noche,
y escribe sin cesar
el domingo.
La que te piensa a diario
mientras tú ni sabes que existe.

La que te escribe

y dejas en visto.
La que puede voltear
tu mundo de cabeza
si le das la oportunidad,
pero también puede darle
un giro 360° a tu vida
si la dejas ir.

Porque nunca será lo mismo
con ella que sin ella,
con sus besos,
con sus abrazos,
con sus "cuídate",
con sus "avísame al llegar",
con sus "¿qué tal tu día?".

Una vez la dejas
entrar en tu mundo
no hay vuelta atrás,
no hay manera
de dejarla ir.

Esa es ella,
magia, vida,
todo lo que vale
la pena vivir.

Y tú,
perdiendo el tiempo
en cosas sin sentido.
No pierdas la oportunidad
de dejarte atrapar
por su magia.

Ella pasa una sola vez
en la vida.

23:11

Me conformé
con mediocres compañías
porque ya me pesaba
mucho la soledad.

A veces,
funciona por un rato
pero cuando sabes
lo que vales
cometes un error
al entregarte a cualquiera.

No te conformes,
no cedas.
Si no son capaces
de ver todo lo
que llevas dentro,
ni se te ocurra
entregar tu magia.

23:29

Habrá días en los que solo
querrás rendirte,
pero habrá otros
en los que no
te imaginarás vivir
de otra manera
que devorando el mundo.

Y en cualquiera que sea
está bien,
es normal,
así va la vida.

El punto está en seguir andando,
en seguir sonriendo,
no perder la magia,
y no soltarse.

Así es la vida, pequeña.

Unos días bien,
los otros dan igual.

Pero aquí quien vale
siempre has sido tú.

Sigue comiéndote el mundo.

Esa eres tú.

23:33

Y hay que aceptar
que muy poca gente
está lista
para dejarse querer.

Que los que sabemos querer
nos cuesta,
porque sabemos dar todo
sin esperar recibir nada.

Pero a veces,
es necesario sentir
que hay alguien ahí,
dispuesto a dar todo
por ti también.

No hay mucho que hacer,
no puedes enseñar a querer
a alguien que no está listo.

Solo puedes quererle.

O seguir,
hasta encontrar
a quien te sepa querer también.

Y así vamos,
y qué se le va a hacer

18:34

Aunque quiera
no puedo volver a ti,
no me haces bien.

Eres la peor droga,
para ti no existe cura.

Mientras tanto tú feliz
con otras,
y yo aquí queriendo
escribirte,
llamarte,
queriendo que quieras
buscarme.

Joder,
qué droga tan hija de puta eres.

Necesito olvidarte.

12:25

Y es que,
por más que quieras hacerte la fuerte,
por más que quieras hacerte la dura,
que te quieras convencer
de que ya no te vas a enamorar,
siempre llega alguien,
que entra a tu vida
para ponerla de cabeza.

Darle un giro de 360°.

Y ahí estás,
nuevamente,
cayendo,
queriendo,
sintiendo.
Y estaría bien,
si fuese correspondido.

Pero eso es lo que pasa,
por eso es que te rindes
porque siempre te dejan caer sola.

Pero ya vendrá aquel
que quiera caer contigo.

No te rindas.

17:52

Sigo esperando un mensaje
que nunca va a llegar.
Qué tan difícil puede ser
escribir:
"te extraño",
"te echo de menos",
"me haces falta",
"¿quedamos hoy?".

Tantas formas
de hacer saber a alguien
que lo necesitas.
Ahí está mi error,
tú no me necesitas,
y yo aquí
muriendo porque lo hagas.

Mejor me vienen
unas cervezas.
A ver si así
te olvido.

10:31

Y volví a ti
aún cuando me dije
que no lo haría,
que sería fuerte.

Pero es que esa manera
que me haces sentir,
hace mucho
nadie me hacía sentir así,
o mejor dicho
nunca me había sentido así.

Y sé,
que nada tiene que ver
con amor,
que es solo placer.

Aunque para mí
puede que sea mucho más,
sé que para ti
es solo eso,
un momento de placer,
noches de pasión.

Aún así
sigo volviendo a ti
porque sigo creyendo
que al final,
puede que te enamores de mí.

Así soy,
así de ilusa soy.

Me encantas,
y esa es mi perdición.

21:39

Es normal
que nadie se quede,
que nadie se tome el tiempo
de querer conocerme.

Siempre he sido un misterio,
un acertijo,
oscuridad,
sombra;
no porque quiera.

Así soy,
así me es más fácil
andar por la vida,
sin que conozcan
quien soy en realidad.

Cuando llegue la persona indicada,
que querrá quedarse
e intentar descifrarme,
dejaré de buscar,
dejaré de soñar,
dejaré de desearte;
porque finalmente sabré
que me has encontrado.

Y que no importa
todo el tiempo que tome
o quizá nunca lo llegues a descubrir.

Pero el sentido de tu vida
será ahora
el revelar este misterio que soy,

el descifrar este acertijo
o al menos intentarlo.

Yo a cambio prometo
hacerte muy feliz.

21:32

Desde el día
en que tu boca
comenzó a disparar balas,
desde ese día
ya yo no sé qué es vivir.

Voy por ahí
muerta en vida
pidiendo más de tus labios,
los únicos que
me hacen revivir
y me vuelven a matar
cada vez que (me) quieres.

22:29

Estás mucho más guapa
cuando no esperas
el mensaje de alguien.

Así, tal cual eres,
toda tú,
toda esa magia
es suficiente.

Que sí,
que a veces hace falta
que esté alguien ahí
para sentirnos importantes.

Pero estás mucho más guapa
si aprendes a vivir,
a reír,
a soñar
y a amar sola.

Ya te encontrará
aquel que lo sepa ver
y valorar.

No te conformes,
eres vida.

23:45

Hay personas
para las que simplemente
no existe manera alguna
de describirlas.

Lo que son,
lo que te hacen sentir,
cómo cambian el mundo
solo por existir,
cómo te cambian la vida
solo por sonreír.

Es que no he encontrado
las palabras,
no encuentro las putas palabras
para describirte.

Solo me queda decirte:
gracias.

Qué bonito es el mundo
porque existes en él.
Qué perfecta es la vida
porque estás en ella.

No te vayas nunca.

23:28

No sé cómo dejarte ir.

Ya tú lo dejaste muy claro,
solo querías jugar conmigo,
solo me querías para un rato.

Y yo,
de estúpida
que te empecé a querer.

No sé cómo continuar
cuando ni siquiera
tuvimos la oportunidad
de empezar.

12:22

Quizá no valgo mucho,
quizá soy insignificante,
quizá no soy lo que esperas,
quizá no te intereso como quisiera.

Pero te puedo hacer feliz,
te puedo hacer reír,
puedo hacer que te olvides
de todo lo que te pone mal
en este mundo.

Puedo hacerte viajar
sin necesidad
de subir a un avión.
Puedo hacerte reír
debajo de las sabanas,
después de haberte
entregado mi corazón.

Puedo hacerte ver
que la magia existe,
y que eres tú.

Que está dentro de ti.

Y porque tú existes
es que las cosas
más bellas de esta vida
también lo hacen.

Soy poca cosa,
pero contigo
soy lo mejor
que puedo llegar a ser.

12:45

Que llevo toda una vida
esperándote,
que según yo
me he enamorado
de los que han pasado
muy brevemente por mi vida.

Que incluso al estar con ellos
igual te escribía,
igual te esperaba,
porque con ninguno
me sentía segura
de que en realidad
fuese el indicado.

Que no sé dónde estás,
no sé cuánto tardarás,
pero estas ansias
de finalmente
poder ver tus ojos,
y que me mires
como si también hubieras estado
buscándome y esperándome
por todos lados.

Estas ansias de tocar
tus manos
y saber que la espera
ha terminado,
no se van.

Yo no sé cuándo vendrás
ni estoy segura de que lo harás,
solo sé
que nunca dejaré de esperarte.

Aquí estaré,
no te tardes más en encontrarme.

Por favor.

11:36

Y si ya soy feliz
conmigo misma.
Y si me amo
como se supone que debe ser.
Y si lo único que quiero
es compartir
esa felicidad y ese amor
con alguien.

Y si la razón
por la cual no puedo
ser enteramente feliz
es porque me faltas tú.

Y si tengo todo este amor
que quiero darte
pero tú no lo quieres,
al parecer nadie lo quiere.

¿Qué se supone
que debo hacer?,
¿Cómo se supone
que debo vivir y seguir?.

Cuando todo lo que quiero
todo lo que me falta,
eres tú.

17:58

A veces solo necesitas
a alguien dispuesto
a salvarte,
a estar ahí para ti.

Porque ya te has
salvado mucho tú,
ya estás cansada,
solo quieres sentir
que hay alguien
ahí afuera
en este mundo
que se preocupa por ti.

A veces,
solo eso
es lo que necesitamos.

20:46

No sé en qué parte
fue que la vida
metió la pata,
o mejor dicho
el tiempo.

Yo llegué a tu vida
cuando antes
ya te anhelaba,
ya te imaginaba,
ya te quería.

Lo que nadie me advirtió
era que tú no estabas listo,
que yo era demasiado para ti,
que no ibas a poder
con todo este amor
que te tenía guardado.

Y entonces
te despides,
te das la vuelta
y te marchas
porque no estabas preparado.

Y ahora yo,
vuelvo al mismo lugar de antes
pero peor,
porque una vez más
salí perdiendo,
cuando creí que finalmente

iba a ganar.

14:57

A lo mejor
me va a costar
olvidarte,
o simplemente
aprender a vivir sin ti;
pero como siempre
y con el tiempo
lo lograré.

En cambio tú
me recordarás
y extrañarás
esa manera
en que me preocupaba
y te daba mi atención,
mientras tú me ignorabas.

Y será ahí
cuando decidas volver
y hace tiempo
que yo ya me habré ido.

17:58

Vete,
qué más da.

La vida es muy corta
para estar detrás
de alguien que
nunca ha querido estar.

Te haré un favor
y me daré la vuelta,
pues no creas que me vas
a tener ahí de segunda opción
para cuando te apetezca usarme.

Hasta aquí he llegado, amor
te dejo tu egoísmo,
tu egocentrismo,
tu mal amor,
para que se lo des
a quien se sepa conformar.

Yo ya no.

Tú ya nunca.

17:59

Me la paso en lugares
donde quizá
en algún momento
la vida me lleve a cruzarme contigo.

Siempre,
al menos una hora al día
camino y me siento
en aquel café,
con la esperanza
de verte pasar,
que me veas y creas
que es nada más una casualidad.

Pero no,
no sabes cuántos días
llevo caminando
las mismas calles y
me quedo sentada
en el mismo café.

Pero no pasas,
no vienes.
Creo que es momento
de aceptar
que ni las casualidades
fueron hechas para nosotros.

Que es siempre a las malas
que la vida me quiere
hacer entender que
lo nuestro no es posible,
no es parte del destino.

Me quedaré un ratito más
viendo a la gente pasar,
y confundiéndote con
todas aquellas personas
que se parezcan a ti.

Y ya luego me iré a casa
de nuevo sin ningún éxito,
hasta que algún día
logre entender
y seguir adelante.

Porque lo nuestro
ya no es ni una casualidad.

18:34

Te echo de menos,
cuando despierto
y no hay nadie en
la almohada de al lado.

Te echo de menos,
cuando me cepillo
los dientes y no estás
ahí empujándome
y haciéndome cosquillas
porque te quito espacio.

Te echo de menos,
cuando me apetece pedir
postre y es muy grande
para yo terminarlo.
Al final,
acabo llevándolo a casa
y lo tiro a la basura,
porque si no es tu mitad
no es de nadie,
ni siquiera mía.

Te echo de menos,
cuando sale una canción
nueva que se convierte
en mi favorita y no estás ahí
para escucharla conmigo.

Te echo de menos,
cuando finalmente sale
la película de la que
tanto hablamos

que íbamos a ver juntos.

Te echo de menos,
cuando voy a mi café favorito
y no estás ahí
en la silla de en frente
haciéndome reír a carcajadas
sin dejarme tomar el café.

Te echo de menos,
cuando estoy muriendo de frío
y no estás ahí
haciéndome bromas
porque soy muy exagerada,
pero igual me abrazas.

Te echo de menos,
los días que me toca
coger el metro
y no estás para agarrarme
cuando toca una curva.

Te echo de menos,
los días que te tocaba
trabajar hasta muy tarde
desde casa y yo me quedaba
leyendo mis libros favoritos
para hacerte compañía.

Te echo de menos,
los días en que te reías
de mis pésimos chistes
solo porque era yo
quien te los contaba.

Te echo de menos,
ayer,
hoy,
siempre.

Me haces falta.

21:40

Como un alcohólico
que admite
que tiene un problema.

Igual que un fumador
que se dice cada día
que lo va a dejar.

Mi único vicio
irremediable,
irreparable:
tú.

Llevo varios días sobria,
y estoy muy orgullosa de mí.

Pero debo admitir
que te echo de menos,
y que estas ganas de
llamarte,
escribirte,
saber de ti,
no se van;
se están haciendo las duras.

Pero yo puedo más que ellas,
lo sé.

Debo creerlo.

3:47

Escuchar el timbre de casa
y siempre querer que seas tú.

Que llegues de sorpresa
y me digas:
ven, vamos, te echo mucho
de menos y quiero llevarte
a cualquier lugar con tal
de estar juntos.

Y que hagas de un sitio
tu favorito, por el simple hecho
de que estás conmigo.
Que hagas de las noches
de invierno
las noches más cálidas
de toda mi vida.

Que después de caminar
agarrados de la mano
por toda la Gran Vía,
debajo de sus luces,
regreses a casa conmigo.

Claro que te invito a pasar,
claro que quiero tu compañía
quiero todo de ti,
tus abrazos,
tus caricias,
quiero que me quites
este puto frío
que está haciendo.

Porque no importa
cuántos abrigos lleve conmigo,
el frío es interno,
ya es parte de mí
y no hay nadie más
que se lo pueda llevar
que no seas tú.

Maldito invierno,
vete ya.

3:54

En el invierno no estás
para llenar de calor
todo lo que congela dentro de
esta casa,
incluyendo mi alma.

En primavera no estás
para ir de la mano
mientras vemos todo
florecer.

En el verano me faltas
cuando no estás ahí
para hacer el amor
empapados de sudor
y terminar en la ducha.

En el otoño no apareces
para darle el mejor colorido
de todos a esta puta vida.

Trescientos sesenta y cinco días de puro desperdicio.
Cuatro estaciones llenas de tu ausencia.
Doce meses de ansiedad
y cada puto minuto recordándote.
En eso se me van los días.

15:10

Y cuando finalmente
he aceptado mi soledad.
Cuando finalmente
he aprendido a quererme
y a disfrutar de esta vida
sin aferrarme a nada ni nadie.

De la nada,
apareces,
llegas,
y empiezas una puta guerra
en la que yo nunca quise pelear.

¿Para qué vienes si al final
como todos te vas?
Mejor mírame de lejos,
quiéreme en silencio,
ámame en tus sueños.

Pero no vengas a arruinar
todo esto en que me he convertido
que tanto me ha costado conseguir.
Si al final te vas a ir
mejor quédate lejos.

Ahora,
si planeas quedarte
asegúrate de estar bien preparado.

Porque cuando yo voy a la guerra,
no pienso perder(te).

13:45

Porque soy de esas personas
que ven mucho más allá
de lo que está a la vista.

Soy de esas personas
que son muy curiosas,
que quieren saber todo de ti,
que quieren observar lo que haces,
quieren verte haciendo lo que te apasiona
y cómo se te iluminan los ojos al hacerlo.

Soy de esas que no se conforma
con lo que le das a todos.

Yo quiero mucho más,
quiero tus miedos,
tus incertidumbres,
tu risa,
tus tristezas,
tus sueños,
tus pesadillas,
tus demonios.

Yo de ti lo quiero todo,
lo bueno y lo no tanto.

Porque en lo bueno están todos,
pero en lo malo siempre falta gente.

Y yo,
yo quiero quedarme para que veas
que nunca es tan malo como parece.

Para hacerte ver que también

se puede convertir en bueno,
es más,
si me dejas,
a tu lado puedo hacer que lo malo
se convierta en extraordinario
y sea hasta mil veces mejor
que lo que creías bueno.

Que yo no quiero
lo que todos ven,
quiero todo lo que escondes.

13:46

Voy a ser directa
y sincera:
tengo ganas de ti.

Pero no solo hoy,
ayer,
mañana,
y todo el tiempo.

Tengo ganas de ti
y duele ver que a ti
ni siquiera te interesa
si yo sigo respirando.

Entonces,
no solo tengo
que guardarme estas ganas de ti
sino también estas putas ganas
de hacerte feliz.

14:02

Voy a hacer de tus lunares
el mejor verano de mi vida.

Encontrar en ellos
miles de razones
para quedarme contigo
en la cama
un rato más.

Contar cada uno de ellos
en todo tu cuerpo,
perder la cuenta
y volver a empezar.

Porque es que nunca
terminaré de contarlos,
siempre me perderé en
alguna parte de tu cuerpo
y me distraeré besándola.

Y así estaré,
contando y besando
por el resto de mis días.

Porque aunque siempre
he detestado las matemáticas,
sumaría cada beso que me debes
cuando no estamos juntos,
restaría cada instante en que me faltas,
dividiría en partes tu espalda
para llenarla de caricias
y multiplicaría por infinito
el tiempo que quiero pasar contigo.

Eres la ecuación
que me ha cambiado la vida
intentar resolver.

No te cambio por nada.

3:47

Sigo escuchando tu voz
en mi cabeza,
tu risa,
las veces que me corregías
cuando decía algo mal.

Sigo escuchando
las conversaciones tontas
que teníamos luego de que
me hicieras viajar recorriendo
todo el mapa de mi cuerpo.

Lo escucho todo claramente
como si aún estuvieses aquí
y nunca te hubieras ido.

Y entonces entro al WhatsApp
y veo esa "última conexión" de mierda
a ver si tú también estás despierto
a las 3:45 a.m.
cuando me da
por necesitarte.

Y sí,
ahí estás "en línea"
pero no estás pensando en mí,
ni siquiera me recuerdas.

Qué tonta fui al creer
que de verdad te importé.

Al final,
solo fingías.

Y yo,
creyendo que me estabas queriendo.

Así de estúpida fui.

3:50

Todas las madrugadas
a la misma hora:
tres de la mañana
tres de la mañana
tres de la mañana.

Sal de mi cabeza,
por favor.

No quiero volver a caer
en la tentación de decirte
que te echo de menos.

No,
esta vez no.

15:15

Juro que tenía los ojos azules
más perfectos,
más profundos,
que vi en mi vida.

Ahí fue cuando supe
que me iba a tener
para siempre.

Porque no hay manera
de mirarle fijamente
y que no me vaya enamorar.

Me sumergí en sus ojos
y sabía que había perdido.

Que ahora tendría todo poder
sobre mí,
incluyendo un espacio
irreemplazable en mi
deteriorado corazón.

Pero a él no le importó.

9:59

Pasa que te creo
porque eso es lo único
que yo sé hacer.

Pero tú solo mientes,
me hieres.

Yo siempre caigo
en tu trampa,
porque me ignoras
y te aprovechas.

Pasan semanas
sin un mensaje,
sin una llamada
y de pronto ahí estás
mintiendo que quieres verme,
que me echas de menos.

Nos vemos,
me usas,
yo me enamoro,
nos despedimos.

Vuelven a pasar semanas
y yo indignada.
En vez de dejarte ir
de una vez por todas,
vivo por el puto día
en que aparezcas nuevamente
para mentirme,
que quieres verme
porque te hago falta.

Y te creo.

No importa nada más,
simplemente lo hago.

No sé qué hiciste de mí.

12:22

La única razón
por la que salgo
de casa en invierno
es porque todavía
tengo la esperanza
de que al caminar
por la calle
me cruzaré contigo.

Ya casi se termina
y nada...

Vamos a ver (si te) qué
trae la primavera.

20:18

Nunca olvidaré esa noche
en la que muy borracho
me decías:
"Quiero que seas feliz,
porque tú te mereces más."

Y me repetías una y mil veces
que era una buena persona,
que nunca esperaste conocer
a alguien como yo.

Eso es lo único que me gusta
de la gente cuando bebe de más.

Son las más sinceras siempre
y a mí me encanta
que me digan la verdad.

Aunque lo nuestro fue muy fugaz
no fue nada, solo algo casual,
debo decirte que nunca
voy a olvidar esas noches
en las que hablamos
de cualquier cosa,
y a la vez no podíamos
despegar nuestros labios.

Que aunque fue tan corto
y me hubiese gustado
tenerte un poco más.

Nunca alguien me hizo sentir
tan especial,

tan importante,
como lo hiciste tú
en tan solo un par de noches.

Gracias a ti,
estoy segura de que
eso que dicen
que no es la cantidad
sino la calidad
es totalmente cierto.

Y yo deseo solamente
que seas muy feliz.

Te agradezco eternamente
por haberme hecho feliz a mí
aunque sea por un momento.

Y si la vida nos vuelve a juntar
siempre recordaré
tu mirada de esa noche.

Nunca podré borrar de mi cabeza
la sinceridad de tus palabras,
porque no salían de tu boca
sino de tu mirada.

Gracias.

Para ti,
que solo estabas de paso por mi vida
y te tocaba regresar a casa.
Te echaré mucho de menos siempre
pero seré muy feliz al recordarte.

10:31

Tantos libros,
tantos manuales,
tantos consejos.
Que cómo aprender a ser feliz,
cómo gustarle a alguien,
cómo hacer esto o aquello.

Y todavía no hay
un puto manual
o cura,
nada,
que te diga cómo poder
dejar de querer a alguien
que nunca te quiso,
a alguien con quien
ni siquiera tuviste
la oportunidad de estar.

Cómo dejar de enamorarte sola,
cómo dejar de amar idiotas,
cómo aprender a querer
a aquel que te quiera.

No existe,
y si existe
no sirve para nada.
Simplemente no hay manera,
hay que dejar de ser tan
estúpida y ya.

A ver si eso es más fácil
que lograr quererme
de una vez.

10:33

Después de que
el corazón se para
dicen que quedan
siete minutos
en el que tu cerebro
todavía funciona.

Y yo soy tan estúpida
que gastaría esos
siete minutos
recordándote y
pensando en ti,
luego de que hayas
sido tú quien disparó
la bala directo a mi corazón.

Así soy,
y así te quise.

10:39

Y fingir...
que no te quiero,
que no me interesas,
que no quiero escribirte,
que no te echo de menos,
que no recuerdo claramente
el tono de tu voz y cómo
pronunciabas mi nombre,
que en las noches no me duele,
que me despierto feliz,
que lo soy,
que no pienso en tus ojos
y la manera en que me miraban,
que seguí adelante,
que la vida sigue y lo he aceptado,
que no estoy rota por dentro,
que no queda nada de mí,
que quiero conocer a otros
en los que igual siempre te veo
reflejado en sus caras,
cuando suena el timbre de casa
que no creo que seas tú,
que no te recuerdo cuando
camino por las calles que paseamos
juntos.

Fingir, fingir, fingir,
eso fue lo único que quedó
luego de tu partida.

Espero que en algún momento
finalmente deje de hacerlo
y logre olvidar(te).

16: 34

Ojalá peleáramos por encontrar
eso que nos apasiona
así como hacemos fila
para que alguien
nos entreviste y evalúe,
para saber si tenemos
las habilidades que ellos desean,
para tener un trabajo
en el que sabes
que no serás feliz.

Por más gente haciendo
lo que le apasiona
y menos vivir la vida
como dicta la sociedad
que se debe vivir.

Por menos conformarnos
y más encontrarnos.
Por menos lunes tristes
y más aventuras.
Por menos "al fin viernes"
y más viajes espontáneos.
Por menos rutina
y más vida,
que solo son dos segundos
y los estamos dejando ir.

No te conformes,
sé que hay cuentas que pagar,
y el dinero siempre es problema

pero no dejes pasar tu vida
sin encontrar lo que realmente
amas y hacerlo cada día.

No te conformes,
ve por más.

9:36

Nunca algo me ha hecho
tan feliz como voltear
a verte y darme cuenta
que ya me estabas mirando.

Después de tantas veces
que me tocó voltear a mirar
en esta vida
y nadie me miró de vuelta.

Y de pronto llegas tú,
y alteras todos mis sentidos.

Le das vida a lo que
antes estaba muerto.

Llegas tú,
me miras
y en eso se resume todo.

Me haces,
no solo creer en la magia,
sino sentirla.

No dejes de mirarme nunca.

19:02

Crimen sin resolver:
yo, la víctima de tus besos,
tú, el culpable de mis desdichas
y ahora prófugo de mi cuerpo.

Nada que hacer,
el sistema de justicia
siempre ha estado jodido.

Tú libre
y yo en esta cárcel
en la que me dejaste
desde que te fuiste.

Espero no me toque
cadena perpetua.

23:12

Al final
cuando ella escogió quererse
todo cobró sentido.
Ya no necesitaba a alguien,
ya no quería a nadie.

Disfrutaba de su propia
compañía y si alguien
deseaba compartir con ella
no había problema,
ella les dejaba pasar.

Pero ya no había drama,
ya no había dolor,
ya no había nada.

Solo ella y su querer
y así fue como aquellos
que querían dañarla
aprendieron a mirarla de lejos,
así como a las más hermosas
obras de arte.

Imperfecta, rota,
pero finalmente
de ella.

23:54

Ella,
es una chica de mundo.
Ha vivido aquí y allá,
ha viajado cuantas veces
ha podido,
ha ido y ha venido.

No lo sabe todo
pero a veces sabe más
de unas cosas que de otras,
sobre todo si le apasionan.

Ha estado en tantos lugares
pero al final solo quiere
un hogar donde quedarse a vivir.
Quiere seguir recorriendo el mundo sí,
pero ahora quiere a alguien
que vaya de la mano con ella.

Ellos,
no la entienden
o al menos no hacen el intento.
Se conforman con lo que
es más fácil de alcanzar.

La ven
como si no supiera lo que quiere,
porque es una de las pocas
personas en este mundo
que se ha movido
para intentar conseguirlo,
para acercarse más a ella misma
y a quien es en realidad.

No ha esperado que las cosas
le caigan de la nada,
ha peleado por ellas.

Ha tenido días difíciles,
hasta años,
pero ha seguido levantándose
y luchando,
y lo ha hecho todo sola.

Pero ellos la ven
como la rara sin amigos,
la que no tiene a nadie al lado
porque a lo mejor nadie la aguanta,
porque a lo mejor es complicada,
no sabe estar con los demás.

Pero no es así,
ella puede darle la vuelta
al mundo si quiere,
puede hacerte feliz
con tan solo sonreír,
puede cambiarte la vida
con tan solo una llamada.

Ella es tanto
que no hay palabras
para poder describirla
que lo hagan correctamente.

Ella es la razón
por la que se vive esta vida.

Y ellos,
tan solo son unos idiotas
que no saben vivir.

18:27

Te miro,
me miras.

Sonríes,
sonrío.

Me hablas,
me sonrojo.

Me tomas de la mano,
me invitas a bailar.

De noche,
la luna,
las estrellas,
tú y yo,
no existe más.

Vamos al ritmo de nuestra canción,
que suena al mismo compás
de nuestros corazones,
ahora conectados por un momento.

Pones tu mano en mi mejilla,
el suelo empieza a temblar.

Dices que mejor nos vayamos
y yo te sigo,
te sigo a donde vayas.

Paseamos un rato,
paramos en varios bares,
seguimos bailando
aunque no haya música.

Empieza a llover,
mientras seguimos el paso
de nuestro baile.

Me tomas de la mano,
salimos corriendo.

Me llevas a tu casa,
me quitas toda la ropa.

Me dices que hay que
ponerla a secar.

Nos miramos a los ojos
sin hablar por unos minutos,
y me besas, finalmente,
llevaba toda la noche esperando.

Desde que te vi ya estaba desnuda
no hacía falta más.

Me subes a la mesa
porque las ganas te pueden más
y no alcanzas a llegar al cuarto.

Me haces tuya sin pedir permiso
aunque ya sabes que igual
te lo daba.

Bendita noche,
fue eterna.
Teníamos tanta hambre
que nos comimos varias veces.

Pero, entonces,
el amanecer.

Agarro mis cosas,
sin hacer ningún ruido.

Te miro,
sonrío,
y sin decir nada me retiro.

Así fue,
y así acabó.

Sin saber tu nombre
ni tú el mío.

Quién sabe,
quizá nos volvamos a encontrar.

Por ahora
buena suerte,
amor fugaz.

23:35

Lo he intentado,
he intentado olvidarme de ti
de todas las maneras posibles.

Ya he perdido la cuenta
de todas las citas fallidas
que he tenido
tratando de no recordarte.

Pero te explico:
uno tenía un lunar muy cerca
del labio inferior tal cual lo tienes tú.

Otro tenía los ojos del mismo azul
que los tuyos
que a veces parece verde,
y otras amarillo si te pega mucho el sol.

Otro tenía exactamente
el mismo gusto de música que tú,
hip hop pero a veces un poco de rock
y casualmente le gustaba la misma
banda que a ti.

Hubo uno que tenía pecas en la espalda
que puedo jurar eran idénticas a las tuyas,
y si trazaba líneas,
se formaba la constelación de tu espalda
a la que me gustaba llamar "mi hogar".

A otro le gustaba la cerveza fría
pero no tanto como para congelarse
pero tampoco tibia como para repugnarle,

como a ti.

Y hubo otro que usaba los calcetines
tal cual lo hacías tú,
nunca encontrabas el par que iba en realidad,
y yo moría de la risa
y tú me callabas a besos.

Bueno creo que después de todo
no me ha ido tan mal.
Solo recuerdo ciertos detalles
que supongo se irán
una vez que deje de verte
caminando por las calles,
y tu silueta vaya desapareciendo
de mi memoria.

Probablemente esté
a unos cuantos intentos menos
de olvidarte,
o quizá esté a unos más
de seguir recordándote.

Al menos
lo intento.

9:12

¿Sabes cuál es la diferencia
entre tú y el resto?
No te rindes.
No importa si te han herido,
si te han roto,
incluso si te han destruido,
al siguiente que llegue
igual le entregas todo tu ser,
igual amas como si jamás
hubieses estado rota.

Y sí,
duele mucho cuando
te hieren una y otra vez.

Pero no te rindes,
porque sabes que un día
te encontrará el indicado,
el que hará valer todo eso que diste
y te entregará a ti el doble.

Eso es lo que eres,
eso es lo que te hace.

Eres una valiente
que nadie nunca te diga
lo contrario.

Y por favor,
nunca dejes que
te quiten la sonrisa.

11:15

A veces,
puedes estar con alguien
por años y sentir
que nunca terminan
de conocerse.

Y a veces,
pero muy raramente
sucede que conoces a alguien un día
y es como si, de alguna manera,
ya le conocías de mucho antes.

Lo habrás visto en tus sueños,
en tu imaginación,
caminando por la calle,
se habrán cruzado en el metro,
quién sabe.

El punto es que se conocen en persona
pero sus almas ya se conocían.

Nunca he vivido
una experiencia
más aterradora
en mi vida,
porque algo que
ni siquiera empezaba
ya yo tenía pánico
de que fuese a terminar.

11:51

Te extraño de más
en los días de lluvia,
pues eras tú
quien solía tener el poder
de llenarlos de luz y color.

Ahora que no estás,
son solo eso,
putos días grises
donde el cielo
no hace más
que llorar tu ausencia

mientras yo le acompaño.

16:23

Nadie nunca
debería irse a dormir solo
cuando quisiera tener compañía,
aunque sea por un momento.

Nadie.

Qué jodida sensación
esa de no querer estar solo
pero no tener otra opción
que estarlo.

A veces solo es necesario
un abrazo,
una mano,
una sonrisa,
un roce
de alguien más,
algo.

Para no sentirnos
tan jodidamente solos
en este mundo.

20:59

¿Será posible que a veces
nos cuesta dejar ir a alguien
porque esa persona
tampoco logra dejarnos ir?

Como si de alguna manera
aún están conectados,
aún se sienten,
aún se quieren,
y hasta que uno de los dos
no logre continuar,
al otro le será imposible.

¿Será así como funciona?

Yo aquí tratando de encontrar
la razón por la cual no logro
dejarte ir de una vez.

10:38

Dicen que las probabilidades
de encontrar un trébol de cuatro hojas
son de una en un millón.

Y yo siento pena
por esos que lo buscan
pues yo te encontré primero.

Mi amuleto,
mi fortuna,
mi suerte.

18:31

No me mires así
porque conmigo
la tentación
siempre puede más,
y después
no habrá manera
de regresar.

Y la verdad es que
desde hace tiempo
que no tenía
tantas ganas
de comer(te)
una boca.

21:08

Tanto me costó olvidarte,
tanto me costó borrarte,
tanto me costó dejarte ir,
tantas oportunidades que te di.

Y ahora vienes,
queriendo romper
todos mis esquemas.

Tu tiempo ya expiró
no soy la misma de antes
ni en lo más mínimo.

Todo lo que fui estando contigo
lo prendí en fuego
junto con todo lo que vivimos
y sentí por ti.

Ya no queda nada,
me costó pero te borré
de mi vida de una manera
que ahora miro hacia atrás
y es como si nunca hubieses existido.

Solo fuiste una pesadilla.

Lo siento,
pero hace tiempo ya
que hasta dejó de ser tarde.

10:26

Tu risa son los buenos días
con los que quiero despertar siempre,
y tus besos, por los que vale la pena
quedarse desvelado toda una noche,
cuando la realidad supera
cualquier sueño.

A tu lado
ya no quiero dormir nunca más,
pues no quiero perderme
ni un solo momento de ti.

14:49

Me he convencido a mí misma
que a lo mejor, si finalmente
renuncio a este vicio del café,
podré renunciar a ti también.

Ya sabes,
era lo que más hacíamos juntos:
ir al café,
hacerlo en casa,
tomarlo en días de lluvia,
durante el invierno.

Yo nunca fui amante de él
pero una vez te fuiste
se volvió como un vicio.

Creo que de alguna manera
sentía que aún había algo de ti
en él y en mis momentos
cuando lo tomaba,
y me volví adicta.

Porque de alguna manera
u otra que no puedo explicar
es como si el café fueses tú
y siguieras ahí conmigo.

Por eso decidí
que es momento de dejarlo,
a ver si de una vez
se va tu recuerdo también.

14:09

¿Cómo pudo alguien romperte
tan salvajemente
que ahora huyes de todo aquel
que muestre interés en ti?

¿Qué te hicieron
para que dejaras
de creer en todo el amor
que existe en el mundo?

¿Cuántas veces te hirieron
para que te rindieras
en esta lucha y dijeras
"no puedo más"
y tomaras la decisión
de estar sola y no
dejar entrar a nadie?

¿Por cuánto tiempo has sufrido
llorado,
dolido
en silencio
por todos esos que no supieron
tratarte como la puta magia
que eres?

Dime pequeña,
¿qué fue lo que te pasó?,
y por favor
déjame salvarte.

19:02

¿Quién pudo haber
sido capaz de romperte
tanto como para quebrarte
la sonrisa?

¿Hace cuánto que sufres,
pequeña?

¿Hace cuánto que
te rendiste y decidiste
dejar de esperar,
dejar de buscar,
no dejarte encontrar?

¿Quién pudo haberte
convertido en esa que eres hoy?

¿Quién fue capaz de llevarse
toda tu magia y tu luz?

23:51

Vas y vienes
a tu antojo
rompiendo mis
esquemas,
alterando mi vida.

Y yo,
siempre ahí, esperándote.

No sé quién es más
idiota,
si tú, haciendo(me)y deshaciendo(me)
a tu manera
o yo,
esperando(te) siempre
a que lo hagas.

7:30

Nos pasamos la vida
soñando e imaginando
cómo será esa persona
que llegará a nuestras vidas,
cómo quisiéramos que fuera,
cómo nos gustaría que nos tratara,
y las cosas que nos encantaría
vivir con ella.

Al final,
lo único que eso hace
es mantener la ilusión
porque cuando finalmente
esa persona te encuentra
o la encuentras tú,
rompe todos tus esquemas
por el simple hecho
de que va mucho más allá
de cualquier sueño.

Porque es real y supera
cualquier ilusión que tengas.

Y qué sensación
tan jodidamente
difícil de describir.

15:31

Ya ha pasado un mes
desde aquella última vez
en la que me hubiese gustado
saber que era la última.

Quizá la hubiese disfrutado mucho más,
te hubiese abrazado unos segundos más,
te besaba sin parar, sin dejarte hablar
y te acariciaba mientras no me perdía
un instante de tus ojos,
como para que supieras
que aunque era una despedida
y tú te fuiste,
yo quería quedarme.

Ya han pasado tres semanas
desde aquel último mensaje
recibido y leído,
sin respuesta.

No entiendo por qué
muy dentro de mí
aún sigo esperando(te)
no sé por qué,
pero lo hago.

Las despedidas
que más duelen
son aquellas
que pasan
sin ninguna advertencia.

22:26

A veces
las personas huyen,
no porque no te quieran
o no sientan algo por ti,
sino porque
no están preparadas
ni podrán llegar
al mismo nivel
de entrega que
puedes llegar tú.

Y duele,
y es triste
pero es mejor
que se marchen
cuando aún hay tiempo
a que pase,
y te dejen ahí
en el abismo,
desdichada,
preguntándote
qué hiciste mal.

En estos casos
es mejor temprano
que tarde.

Ya podrá alguien
ser capaz de recibir
todo eso que das
y devolverte mucho más,
y no porque así deba ser
sino porque así lo quiere.

15:56

Yo, que no soy de mostrar
la realidad de mi alma,
que escondo
más de lo que muestro,
que callo
más de lo que hablo,
que siento
más de lo que pienso.

Apareciste tú,
y no solo te di mi todo.

Me desnudé
no solo al quitarme la ropa
sino al mostrarte mis dudas,
mis miedos,
mis cicatrices,
mi alma.

Lo hice,
por ti,
para ti,
y lo único que supiste hacer
fue huir.

Me dejaste tirada
en pleno invierno,
en plena tormenta de nieve,
alimentaste mis miedos
y dejaste mi alma desnuda
en medio de un abismo
en el que no había nadie
para tomarme de la mano,

para abrigarme,
nadie para salvarme.

Así que lo hice yo
y por eso te doy gracias.

Por ti es que aprendí la lección
y me he convertido en todo lo que soy.

Por ti es que ahora
mi alma está muy bien
resguardada en el fondo
de mis miedos,
y hoy solo sé mostrar
una sonrisa y una fortaleza
que aunque no sean del todo
mi verdad,
ya nadie tendrá la oportunidad
de volver a tirarme
al vacío.

Porque yo,
ya no quiero a nadie que me salve,
solo quiero a alguien
dispuesto a quedarse a mi lado
mientras lo hago yo.

17:00

Quizá tú no seas
el que he estado esperando,
y muy seguramente
yo no soy la que has
estado buscando.

Pero mientras llegan
esas personas a nuestras vidas,
me encantaría poder ser,
por ahora,
la dueña de tus sonrisas,
la culpable de tus alegrías,
la que te motiva
a despertar cada mañana,
la que no te deja ir a dormir
sin darte las buenas noches.

La que hace que la realidad
sea mucho más emocionante
que cualquier sueño y fantasía,
por la que vale la pena
sufrir de insomnio.
A la que recorrerás cada
lunar de su cuerpo
hasta aprenderte de memoria,
la ruta que lleva al mejor destino.

Quizá no seremos un
"para siempre"
o "hasta viejitos"
pero me muero de ganas

de ser parte de tu ahora,
tu hoy,
tu presente.

Con suerte,
en el camino,
nos alcanzará
un para siempre.

20:34

La diferencia
entre tú y el resto
es que sé y acepto
que corro el riesgo
de que me hagas daño,
pero si es contigo
me importa muy poco.

Sería un placer
enamorarme de ti,
sin importar el desenlace.

Lo que yo quiero
es escribir
una historia contigo,
por ser tú
y nada más.

10:16

Y la verdad es que
después de tanto
sus caídas,
sus bajadas,
sus subidas,
los momentos
que te dejan sin aliento,
otros tantos
que no creíste
poder superar.

La verdad es que
después de todo eso y más,
lo que viene
no lo cambio por nada.

Nunca podré decir
"me arrepiento de esto",
"ojalá esto no hubiese pasado".

Si las cosas no pasaran así
no podríamos crecer,
no podríamos valorar
lo que de verdad importa,
no podríamos seguir adelante.

A pesar del dolor,
de las heridas,
las cicatrices,
no lo cambio por nada.

21:43

No me considero escritora
ni mucho menos poeta
y tampoco considero
a aquellos que me leen
como seguidores.

Simplemente somos seres
que buscamos describir
y explicar lo que la vida
nos hace sentir.

Yo tengo la dicha
de poder poner eso en letras
y de que, quien me lea,
sienta cada una de ellas.

Solo somos humanos
intentando no sentirnos tan solos
en este mundo.

00:20

Estaba lista para irme
no quería seguir haciéndole daño.

Cogió las maletas
y mirando fijamente
me dijo:

-¿Y si lo intentamos?

Desde entonces
no hubo marcha atrás.

Me quedé,
se quedó,
lo intentamos
y seguimos.

Ahora sé que luchar
te da muchos más cojones
de los que alguna vez te dará
creer que irte
es la mejor decisión
para no lastimar a alguien.

Ahora sé que huir
es la decisión más cobarde.

Y qué jodidamente perfecto
fue que aquel día
me detuvieras.

Ahora no imagino
mis días sin ti.

Me quedo
y te elijo,
siempre.

9:54

Te quiero,
por tu forma de vivir la vida.

Por tu manera de luchar
e ir tras eso que quieres.

Por tener el coraje
de hacer lo que te apasiona.

Por regalarme todas tus sonrisas.

Por fulminarme el alma
cada vez que me miras.

Por elevarme hasta el cielo
cada vez que me acaricias.

Por trabajar tan duro
cada día que pasa.

Porque te preocupas
por esos que te importan
y lo muestras.

Por tener la valentía de quererme.

Por tener las ganas de quedarte.

Por recordarme día a día
que te sigues enamorando de mí.

Por nunca dejar de intentar.

Por dejar huella

en cada vida que tocas.

Por dejar vacío cada vez que te vas.

Por hacer en las noches de insomnio
las mejores charlas de madrugada.

Por enseñarme qué se siente
que te hagan el amor.

Por hacerme olvidar
que alguna vez he estado rota.

Por darme alas cuando yo misma
me impedía volar.

Por volar conmigo.
Por soñar conmigo.

Por ser completamente independiente,
pero hacerme saber que me quieres en tu vida
aunque no me necesites.

Por recordármelo a diario.

Por despertar y ser lo primero que miro
y empezar como se debe el día.

Por hacerme creer en mi misma
cuando la vida me había hecho olvidarme
de cómo hacerlo.

Te quiero por ser tú.

Me quiero por elegirte.

20:18

Voy a admitirlo y
espero no sea muy tarde.

Te mentí,
al decirte que era tuya.
La verdad es que siempre
he sido mía.

Te mentí,
al decirte que te quería conmigo
toda la vida.
La verdad
es que merezco
algo mucho mejor
y no podías dármelo.

Te mentí,
al decirte
que no podría vivir sin ti.
La verdad
es que hasta vivo mejor.

Te mentí,
al decirte
que me sería imposible olvidarte.
La verdad
es que apenas te recuerdo.

Te mentí,
al decirte
que mi felicidad dependía de ti.
La verdad
es que fue menos

lo feliz que fui contigo,
que lo feliz
que he sido conmigo
desde que te fuiste.

Te mentí,
al decirte
que eras el amor de mi vida.
La verdad
es que nunca he tenido uno
y si tuviera que nombrar alguno
diría que yo soy
el amor de mi vida.

Pero, ¿sabes?

No siempre te mentí.

La verdad más pura
que alguna vez te dije
y que alguna vez sentí
es que te quise.
Aunque en este caso
me hayas mentido tú a mí
porque

tú no lo hiciste.

16:47

Hoy me has vuelto a doler.

Justo cuando creí
que me había deshecho
de tu recuerdo,
de tu esencia,
de todo lo nuestro.

Me has vuelto a doler
porque mientras estaba en casa,
esa que solía ser "nuestra",
he encontrado bajo la cama
la última carta que me escribiste.

Y me dueles,
porque no entiendo cómo,
eso que decías sentir por mí,
cambió de la noche a la mañana.

Y me dueles,
porque solías poner tu perfume
en todas las cartas que me dabas.

Y ahí seguía.

Ahora me encontraba sentada,
en la cama que ambos compartimos,
volviendo a leer esa carta
que ya había olvidado.

Y hace meses
que no sé nada de ti.

Que tu recuerdo

se volvió fantasma,
Que tu ausencia
ya no dolía,
que tus besos
ya no los sentía.

Y de pronto sí,
me dueles.
Porque no estás,
porque nunca estuviste,
y sobre todo,
porque nunca te dignaste
a decirme adiós.

00:18

Te he visto sufrir,
te he visto llorar,
te he visto feliz,
te he visto luchar.

He estado ahí para ti
cuando nadie ha estado
y también cuando
estaban muchos.

Estuve ahí cuando
me necesitaste.
Estuve ahí cuando
te vi caer.
Estuve ahí
para levantarte.
Estuve ahí
para secar tus lágrimas.

He estado ahí siempre
mientras le entregas
tu corazón a quien
no lo ha sabido valorar,
mientras te ayudo
a recoger los pedazos,
mientras te veo
ir detrás de alguien
que supo seguir sin ti.

Te he visto.
He estado ahí.
No te he faltado.
Te quise entonces,

te quiero ahora
y lo haré siempre.
Lo más probable
es que nunca
llegues a saberlo.

No sé qué otra
demostración de amor
más bonita quieras
en la vida,
que la de tener que quererte
en silencio
y dejar todo por
estar ahí
para ti.

Y que ni lo sepas,
que ni lo sospeches.

Pero es que no me atrevo
a confesarte que te quiero
desde el primer día,
porque me da miedo perderte.

Así que prefiero
callarme esto que siento
con tal de poder verte
así sea
sin poder
tenerte.

2:09

Probablemente en otro universo,
en otra tierra,
en otra vida,
en otro momento,
probablemente ahí
muy lejos de aquí
de lo que fue,
de lo que fuimos.

Probablemente en ese lugar
las cosas hayan funcionado
y no nos hubiésemos convertido
en dos perfectos extraños
que silenciosamente
saben absolutamente todo
uno del otro
pero tuvieron que guardárselo.

Probablemente en ese lugar
nos seguíamos conociendo de por vida.

Probablemente ahí,

pero aquí no.

17:17

Miedo,
a fallar.

A fallarte.

A dejar cicatrices donde quiero dejar huella,
a sentirme sola cuando quiera tu compañía,
a necesitarte en vez de quererte sin aferrarme.

A pensarte todos los días
y sobre todo en las noches,
a extrañarte cuando faltes,
a romperme cuando te vas,
a morir un poco si me dejas.

A vivir sin tu presencia.

A respirar sin tus labios dándome oxígeno,
a seguir sin tu mano agarrándome,
a tener frío sin tus brazos para abrigarme,
a dormir sola en una cama vacía,
a caminar por las calles y recordarte
en cada detalle.

A que llegues,
a que te vayas,
a que dejes de quererme.

A que te enamores,
a que no te enamores.

A que te vayas con otra,
a que me vaya con otro.

A seguir caminos separados en una misma ruta,
a levantarme sin ti.

A todo,
a nada.

Por si me preguntas
por qué he dejado de intentar dejarme querer
y por qué no he logrado querer a alguien más,
es simplemente eso, miedo.

Pero tengo el presentimiento
de que has llegado aquí
a cambiar todo eso.

18:06

Mientras me sentaba
en el café de siempre
esperando ver pasar
a un amor del pasado,
la vida me regaló
algo mucho mejor:
un amor de futuro.

Yo buscaba algo
que ya había perdido
sin saber que iba a encontrarte.

No está mal que tengamos la mirada
en un objetivo específico,
pero deberíamos siempre estar abiertos
y sobre todo atentos
a cualquier sorpresa que nos tenga la vida.

Desde ese día no has dejado de pasar.

Gracias por querer(me) quedarte.

13:22

Supongo, que lo que nos diferencia de otros
es que a pesar de que nos hieren
seguimos dando todo al que llega después.

No sabemos de límites,
tenemos demasiado dentro de nosotros
para no compartirlo
aunque haya gente que no lo merezca.

Igual ganamos más nosotros,
que damos todo sin pedir nada a cambio,
que esos que lo reciben
y no saben qué hacer con ello.

Luego lo dejan ir;
para después con el tiempo
quererlo de vuelta
porque nadie supo quererles
con la misma intensidad.

21:10

Tu voz siempre fue
música para mis oídos
y yo creí ser
la partitura de tus canciones.

La mejor banda sonora
siempre fue la de tus besos
y el musical que creábamos
bajo las sábanas.

Pero no lo vi venir,
no me di cuenta
de que, para mí,
tú eras ese disco
que con el pasar del tiempo
nunca pierde su esencia
ni su emoción,
se hacía mejor.

Mientras yo,
solo era una parada
en el tour de tus caderas.

Y así,
efímera,
desapareciste.

Saliste de mi vida
como esa canción
que dura menos de tres minutos
y te encanta
y la reproduces una y otra vez;
nunca es suficiente,

nunca sientes que deba tener final.

Pero lo tiene,
y no hay nada que puedas hacer.

Así que me quedé
con esas canciones
que escribimos juntos,
aunque nunca
te vayan a traer de vuelta.

Eres ese disco que repetiré
una y otra vez
cada día,
hasta que llegue alguien más
a crear nuevas melodías
conmigo.

20:06

Llegué a ti con dificultad de volar,
tenía muchas heridas sin cicatrizar.
Tenía heridas muy recientes
y al verte creí estar lista para lo que venía.

Lo creía porque me miraste
de una manera en la que sentí
que no solo me ayudarías
a recomponer mis alas
sino que iría a la par
con las tuyas.

Lo que no sabía
era que, mientras te daba la espalda
pensando que estabas curándome,
pensando que estabas cuidándome,
sentía como se iban creando nuevas heridas.

Y yo pensé que dolía más
porque estaba en proceso de sanar finalmente.
Porque había confiado ciegamente
en alguien que me acarició con una mano
pero escondía un arma en la otra.

Confié en ti pero fue muy pronto.

Confié en ti pero me equivoqué.

Supongo que la vida quiso enseñarme,
no solo a aprender a no confiar tan rápido,
sino a sanar mis heridas sin necesidad
de que me ayude alguien.

Ahí lo supe,

mientras sangraba más que antes,
mientras dolía el triple,
mientras me arrastraba
y veía la borrosa imagen de tu partida,
lo supe:

Nunca estuve preparada para tus (b)alas.

16:12

Canciones de amor,
veladas románticas.

Películas en el cine,
también con manta en casa.

Amaneceres
y atardeceres a tu lado.

Mensajes de buen día
y de buenas noches.

Días en mi casa
y noches en la tuya.

Me miras como
si no existiera más nada.

Me tocas como si nunca
hubieses tocado antes a nadie.

Me besas recitándome poesía
con tus labios.

Me abrazas
y te conviertes en escudo.

Me llevas de la mano
y no entiendo qué hice
de bien en la vida
para merecerte.

Llevas tus dedos a mi oreja
para pasar mi cabello

detrás de ella
y me transportas
al más hermoso
paisaje de París.

Me miras con ternura
y te ríes con picardía,
me muerdo el labio
y la mesa se vuelve
testigo de las ganas
que nos sobran
de querernos,
de sentirnos,
de tocarnos.

De pronto
suena el despertador,
y debo nuevamente
afrontar la realidad.

Y quizá empezar el día
no fuese tan difícil
si estuvieses aquí
al despertar.

Pero qué bonito
me quieres en mis sueños.

10:47

Me lo advirtieron
muchas veces,
lo veía venir.

Incluso mi mente
estaba al tanto
desde un principio,
que serías un huracán
que arrasaría todo a su paso
sin dejar ni un poco de esperanza
para una recuperación.

Pero yo soy de esas
que corre detrás
de lo que dicta el corazón.

Y aunque mi mente
podía leer tus intenciones
y tu miedo de estar con alguien
que te querría de verdad,
mi corazón
solo se mantenía firme
a una de las mentiras más grandes
que nunca he podido dejar
de decirme a mí misma,
y es que tengo todas las herramientas
para salvar a aquellas personas
que están un poco perdidas
en esta vida,
y sobre todo las ganas
de querer hacerlo.

Lo que nunca tengo

es la puerta abierta
para que me dejen entrar.

Y así,
después del portazo
al final
ni te pude salvar a ti.

Y ahora me toca
salvarme a mí misma
después del desorden
que ha dejado tu partida.

16:40

Tu recuerdo llega
tal cual la lluvia
en el día más soleado
del verano.

Tus besos faltan
tantas veces como
hojas caen durante
el otoño.

Tu ausencia me
golpea fuertemente
tal cual desaparecen
los colores durante el invierno.

Y mi alma queda ahí
como esos árboles,
triste,
gris,
vacía,
fría.

Y pasan los días tan lentos
que casi siento
como si el invierno
no quisiese acabarse.

Y ahí estoy,
en medio de la nieve
pensándote,
extrañándote.

Mientras en tu casa

hace tiempo que
ya volvió a ser verano
y mi recuerdo
ya no llama a tu puerta.

5:29

A mí, querer no me cuesta nada
pero cómo se me dificulta
dejar que me quieran.

Porque es que yo sé
que soy capaz de querer bonito,
de querer bien,
pero los que han llegado
a decir que me quieren
al final desaparecen,
se desvanecen.

Así es como he aprendido
a querer sin límites
pero todavía no aprendo
a dejar que me quieran a mí también.

13:03

Cansada de escuchar
que me digan
que no quieren nada serio,
que prefieren lo casual,
amigos con beneficios.

Y de que aparezcan cuando
les da la gana,
usándote,
manipulándote.

Vales demasiado la pena
y lo sabes.

Y lo peor,
es que esos lo saben también.

No te sientas mal
por querer algo de verdad,
complicado,
difícil,
único.

Joder,
claro que sí.

Claro que me quiero complicar,
que lo quiero todo difícil.

Claro que quiero a alguien
con los cojones de quererme
porque yo los tengo bien puestos
para quererle también.

Claro que quiero lo mejor,
me lo merezco
después de tanto idiota,
después de tanto sufrimiento.

No me voy a conformar
con los pétalos,
porque yo merezco
un puto jardín.

Así que ya me cansé
de escuchar a esos
que solo quieren usarme,
que me dicen
lo jodidamente genial que soy
pero no me toman en serio,
aparecen cuando les apetece,
cuando tienen ganas
y quieren que alguien se las quite.

Me cansé.

No les daré el privilegio de nuevo
a estas personas sin alma,
sin sentimientos.

Que se jodan
esos que quieren todo fácil,
yo me quiero complicar
así que aquí estaré
disfrutando mi soledad
hasta que llegue aquel
que se quiera complicar

conmigo.

16:28

He sabido dejar ir
a muchos amores.

Algunos muy fácilmente,
otros me han costado un poco más,
pero al final,
lo hice.

Lo hice de una manera
que si regresasen
no volvería a ellos,
no volvería a caer,
porque supe dejarlos ir
completamente
aunque no fue fácil;
excepto contigo.

Tengo una debilidad
por tu tono de voz,
tu risa,
tus besos
y tu mirada.

Que sé,
que no importa
el tiempo que pase,
no podré dejarte ir.

Y sé,
que si regresaras
te viviría una y otra vez
a tal punto
que no me importase el daño.

No me importa volver a quemarme
con tal que sea con tu fuego.

Porque de todos estos amores
ninguno en tan poco tiempo
me hizo sentir como tú,
me dio lo que me diste tú.

Y comprendo que llegué
muy temprano a tu vida.

Que ya había vivido
y sentido demasiado
y tú no estabas listo para mí,
para algo tan profundo,
tan de verdad.

Y por ello es que no te dejo ir,
porque sé que no todos
se dan la oportunidad
de vivir y sentir plenamente,
de tener más experiencias que otros
en esto del querer.

Con la esperanza
de que si un día vuelves
ya estés preparado,
ya sientas que puedes
y tengas el coraje
de quererme en tu vida.

Y si no,
al menos igual
te viviría una y otra vez.

Hay amores que simplemente

no podemos dejar ir
y no es por miedo,
no es por soledad,
no hay razón alguna.

Simplemente son amores
que si regresan
asumes el riesgo
de que te vas a quemar,
porque nunca has disfrutado tanto
haber jugado con fuego.

17:54

Yo aprendí a aceptar
esas disculpas
que nunca me llegaron a dar.

Se me hace más fácil
seguir con mi vida así.

Y al momento de tener
que dejar a estas personas atrás
lo hago completamente,
sin rencores
ni arrepentimientos.

Así que no te preocupes
en regresar a pedirme perdón.

Espero te puedas
perdonar a ti mismo
por haber herido a alguien
que solo quiso hacerte feliz.

19:35

Y supe que eras tú
desde el primer momento
en que te vi.

Porque a pesar de que siempre
he sentido todo con mucha intensidad
y de que muchas personas se han ido,
he sobrevivido,
he logrado estar bien.

Pero había algo en mí
que me decía
que tú eras diferente.

Que no importa cuánto lo intente,
quizá podría llegar a vivir sin ti
pero no podría enfrentar esta vida
sin sentirte.

Porque es inexplicable
la manera en que, el sentirte,
me hace sentir a mí.

Es una lástima
que estemos en caminos diferentes,
y no importa cuánto trate
de dibujar una ruta
que nos conecte,
tu vuelo siempre sale a tiempo
y el mío llega con retrasos.

No importa cuánto quiera
que coincidamos,

no hay manera
de encontrar una conexión.

Tú, en las nubes
y yo, intentando alcanzarte
con mis alas rotas.

Supongo que en esta historia,
me toca esperar
un vuelo que finalmente
coincida con el mío.

00:57

Lo nuestro fue muy breve.

Para ti
insignificante,
solo fui una más.

Pero esto que dejaste
está siendo eterno,
este frío,
estas ganas de volver a ti,
de decirte que te echo de menos,
que para mí eres mucho más.

Qué injusta la vida a veces
que no te da ni tiempo
de asimilar algo
pero de alguna manera,
te da todo el tiempo del mundo
para que te duela.

23:00

Esta distancia entre nosotros
no me está impidiendo en lo absoluto
que me enamore perdidamente de ti,
más bien siento que hasta de ella
me estoy enamorando.

Y qué putada tenerte lejos,
cuando solo quiero que estés aquí.

Y qué jodido ese sentimiento
de soñar contigo,
pero despertar
y no verte ahí.

Y qué perfecta sensación
la que me da el imaginarme
que en algún momento
te tendré cerca,
de frente.

Y qué miedo pensar
que quiero probar tus labios
pero no sé si tú quieras los míos.

Y si te soy honesta,
hago referencia a Sabina:
me dices ven y salgo corriendo.
Me dices ven y no lo pienso.

Qué ganas de saber si tú también
estás muriendo por tenerme a tu lado.
Si también tienes miedo,
si también me sueñas,

si también me imaginas
y si también sientes
ese cosquilleo en el pecho
al imaginar nuestros labios
haciendo corto circuito.

Lo único que tienes que hacer
es pedirme que vaya,
y si no te atreves
pues te espero.

Porque yo sí
me atrevo a pedírtelo.

Ven.

10:58

Llegaste a mi vida
sin avisar,
sin preguntar,
sin cuestionar.

Llegaste
y cosiste todas mis heridas,
con el delicado
toque de tus manos.

Me quisiste recomponer,
me quisiste menos rota.

Lo que no sabías
era que no había necesidad de ello,
porque al instante
en el que te cruzaste en mi vida
mi alma ya había sanado
y mi corazón había vuelto a latir.

Me miraste
y reviví.

Con todo y eso
me tomaste,
me cuidaste,
me abrigaste
y sobre todo,
te quedaste a mi lado.

Nunca había sido
tan bonito
tener a alguien
queriéndote así.

4:37

¿Alguna vez se te ha cansado el corazón?

Estás en un punto de tu vida
en el que estás haciendo cosas
que te hacen feliz,
estás disfrutando,
teniendo nuevas experiencias,
queriendo vivir al máximo.

Eres consciente
de que falta algo,
que hay una pieza
que aún no consigues
y por lo tanto falta por encajar.

Que a tus manos
les hace falta un poco de cariño,
a tus brazos les falta
un poco de calor.

Tus labios quisieran a veces
estar cerca de otros
para hacerte sentir
todas esas cosas,
que a veces no importa
cuánto las vivas al máximo.

Ese sentimiento de estar
con alguien que te quiere,
que te piensa,
que te cuida,
que te protege.

Ese sentimiento
que no hay
manera de que pueda ser
sin alguien más.

Y sí,
te quieres a ti misma,
te cuidas,
te proteges
y aprovechas al máximo
esta vida.

Y que a pesar que sabes
que te falta algo
ya no te importa como antes,
ya te da muy igual.

Y no es que te hayas rendido, no.

Estás cansada,
estás exhausta de "esperar",
exhausta de "buscar".

Lo único que quieres
es vivir,
respirar,
sentir la magia
y la pasión
de esas otras cosas que
también llenan la vida.

Pero ya no esperas a nadie,
ya no buscas a nadie,
ya no te importa como antes.

Y no te rendiste pequeña
pero es que a veces,
el corazón también se cansa.

Y está bien
dejarlo por un momento
respirar,
renacer,
dejarlo intacto.

Sin daños,
sin ilusiones,
sin engaños.

Sé que quieres vivir
esta vida a plenitud
y sé que la única manera
en que sientes que puedes hacerlo
es sintiendo,
pero no siempre tiene que doler,
no siempre te tienen que hacer daño,
no siempre tienes que romperte.

A veces también es válido
parar por un momento,
respirar,
coger vuelo
y seguir intentando.

El corazón también se cansa
pero es justo para ti
tomar un respiro de tanto golpe
y tanta decepción.

Así que sigue brillando,
sigue viviendo,

hasta que decidas que es momento
de volver a sentir
y de echar nuevamente a volar.

6:38

He estado un poco perdida.
He estado un poco ida.

Me siento frente al folio en blanco
y no tengo nada que decir,
no salen palabras,
solo tengo un nudo en la garganta
y un mar de lágrimas dentro de mí.

De cansancio,
más que todo de eso,
estoy cansada ya.

No quiero recurrir al pasado
y tener que reabrir heridas
para poder expresarme.

No quiero volver a ti
ni a nadie.

Por primera vez en mi vida
quiero simplemente,
dejar el pasado en blanco
no al folio, sino a lo que fui.

Te sigo llorando a ti
y a otros,
pero no porque me duelan,
no porque quiera a alguien de vuelta,
no.

Sino porque no entiendo
cómo aún no he podido
encontrar mi norte.

Cómo aún nadie
se ha atrevido a quererme.

No entiendo que pasó
desde aquel momento,
fue como si todo parara
y cuando empezó a andar de nuevo
empezó al revés,
hacia atrás.

Siento que aunque dé pasos hacia delante,
el camino me empuja de retroceso.

No sé qué fue de mí.

A veces creo haberme encontrado,
a veces creo estar mejor,
pero de pronto me golpea,
me golpea fuerte,
esa puta realidad
en la que nunca he querido vivir.

Pero creo que es momento
de aprender a quererla.

Creo que debo dejar de creer
en lo bonito,
en lo romántico,
en lo de verdad.

Y no porque quiera
sino porque lo necesito.

Creo que es momento de ser más cruda,
ser más dura.

Y esta vez lo hago por mi bien,
porque no es justo
que sigan llevándose
los pedazos de mí que tanto
me han costado recoger
y volver a juntar.

Fui muy buena,
quise mucho
y di hasta lo que no tenía.

Pero hoy,
hoy solo quiero sentirme
menos rota, menos vacía.

Hoy solo quiero cerrar los ojos
y respirar,
y revivir,
y rescatar lo poco que queda de mí.

Hoy dejo de ser quien ayer fui
para convertirme en quien debo ser.

Así sea solo por hoy
no quiero sentirme así

aunque sea solo hoy.

12:26

Tan al revés el mundo
que quienes se echan la culpa
son los que salen heridos
en vez de los que aprietan el gatillo.

Tan al revés,
que los que terminan
con el corazón roto
son los que más quieren
y más dieron de sí mismos.

Tan al revés,
que los que lloran
son esos que solo han querido
hacer felices a otros.

Tan al revés,
que los que extrañan
son los que fueron dejados
y los que dejan
son expertos en seguir adelante,
sin importarles,
sin mirar atrás.

Tan al revés todo
que me tienes aquí
queriendo vivir en tus labios,
mientras tú ni siquiera recuerdas
el sabor de los míos.

23:24

Mi intención fue quererte.

No me dejaste
así que solo me quedó escribirte.

Mi intención fue cuidarte.

No lo permitiste
así que solo me quedó el deseo
de que estés bien.

Mi intención fue protegerte.

No quisiste
así que solo quedaron las ganas
mientras te pienso cada noche
y espero que estés cuidando de ti muy bien.

Mi intención fue hacerte sonreír cada día.

No te causaba gracia
así que solo me quedó aceptar
que otras serían testigo de tu risa
porque yo no pude serlo.

Mi intención fue abrigarte.

Nunca tuviste frío
así que solo me quedó abrazarme a mí misma
por el vacío que había antes de ti
y el que dejaste después de marcharte.

Mi intención fue ser parte de tu vida.

No necesitabas a nadie más
así que solo me quedó el eco
de ese espacio que nunca pude llenar
porque nunca estuvo vacante,
al menos para mí.

Mi intención fue hacerte feliz.

No te importaba
pues ya lo eras sin mí
así que solo me quedó llevarme
estas ganas de hacerte más bonita la vida
para dedicarme a hacerlo en la mía,
sin ti.

Y a pesar de todas mis intenciones
y mis fallidos intentos por ser parte de tu vida,
aunque dolió;
lo entendí,
aprendí.

Y es que a veces uno tiene
que agarrar la piedra en el camino
y pegarse en la cabeza,
para finalmente aprender a andar
sin necesitar de alguien que las quite por ti.

Sino tener el coraje,
la valentía
y sobre todo la fuerza
para saltar,
patear,
mover
o acariciar
cualquier piedra que se nos aparezca.

Así que gracias,
por ser esa piedra
que me dio a entender
que no te necesito,
que nunca lo hice
y que todas esas intenciones
me las guardé para mi vida.

Y joder,
ahora sí que está mucho más bonita.

Sin ti.

1·54

Alguien
que llegue a tu vida,
te mire
y te haga ver que todo eso
que tu solías llamar defectos
son en realidad
las partes más hermosas de ti.

Alguien
que te haga mostrar orgullosamente
todo eso que tanto escondes
que te hace diferente,
que te hace ser tú
y que por alguna razón
crees que está mal,
que algo pasa contigo
pero no,
todas esas cosas
son las que te hacen ser quien eres.

Alguien
que te mire fijamente
de manera que se lleve
todas esas inseguridades
que pusieron en ti desde muy pequeña
y que la sociedad fue empeorando
con los años.

Alguien
que te toque de una manera
que se lleve en cada caricia
todas esas palabras
que alguna vez te hicieron tanto daño,

que se lleve en cada roce
todos esos momentos
en los que creíste que no eras suficiente,
cuando la realidad es que fuiste demasiado
y no todos saben apreciar eso,
le temen.

Alguien
que con un abrazo
tan fuerte,
tan sincero,
te devuelva todo ese amor
que te quitaron.

Incluso ese por ti misma
que tanto te costó recuperar.

Alguien
que te bese
y te haga sentir y entender
que finalmente es real,
que finalmente te quieren de verdad
y que no importa lo que pase
a partir de ese momento,
nunca podrás regresar
a lo que eras antes,
a lo que creías.

Habrá un antes y un después de esa persona.

Un después en el que
serás más amable contigo misma,
sabrás que eres demasiado
y no debes entregarte a cualquiera.

Sabrás que mereces la alegría

más que la pena.

Sabrás que lo vales todo
y que sin importar lo que pase
nunca volverás a dejar que alguien
te haga sentir menos de lo que eres.

Alguien
que finalmente
te haga entender que tú eres suficiente,
que no necesitas a alguien que te complete
sino que te tome de la mano
y te saque sonrisas.

Alguien.

Y que entiendas que antes de poder
encontrar a ese alguien
en otra persona,
lo encuentres dentro de ti misma.

Nunca habrá amor más bonito
que el que nos tenemos hacia nosotros,
para luego poder compartirlo
con ese alguien
que te va a querer bonito,
pero no más de lo que tú
has aprendido a quererte a ti.

23:07

Dejé de culparte
por tus palabras hirientes,
porque fui yo quien insistió
en una respuesta.

Dejé de culparte
por haber dejado de besarme,
cuando vi que en realidad
era yo la que lo hacía.

Dejé de culparte
porque ya no tenía tus brazos,
cuando entendí que nunca los tuve
solo creí tenerlos.

Dejé de culparte
porque te alejaste,
cuando me di cuenta
que nunca estuviste cerca.

Dejé de culparte
por tu indiferencia,
cuando finalmente entendí
que nunca hubo interés
desde el principio.

Dejé de culparte
porque entendí,
que fui yo la que vivió
en una realidad distorsionada
por una ilusión y una mentira.

Igualmente no fue justa

la manera en que me trataste
y me desechaste de tu vida.

La manera en que jugaste
con lo que yo sentí por ti,
que siempre fue sincero,
siempre fue real.

Pero ya me cansé
de creer que los demás tienen la culpa.

Ya es hora de entender
que por más que quiera querer a alguien,
que por más que tenga las mejores intenciones,
que por más que solo quiera
un poco de pasión,
un poco de atención,
debo dejar de vivir en una mentira.

Debo dejar de creer en algo
que no está pasando.

Nunca me quisiste,
nunca me miraste,
nunca me sentiste
pero yo lo quería tanto.

Quería tanto que me quisieras
que yo misma me puse la venda en los ojos
y me lancé a ti.

Cuando caí en un abismo
y el golpe fue letal, entendí.

No puedo culpar a otros
de no ser quiénes yo creo,

tengo que aprender
a ver las cosas como son.

Debo dejar de creer que todo es tan bonito
y tan especial como lo imagino
porque no siempre es así,
no todos son así.

Así que me pido perdón a mí misma
por tropezar tantas veces,
por abrir mi corazón a tantos idiotas.

Me pido perdón por no ver la realidad
y prometo andar con más cuidado
de ahora en adelante.

Dejar de ilusionarme,
dejar de imaginar.

Vivir un poco más en la realidad
hasta que finalmente
llegue alguien que me haga ver
que no hay necesidad de imaginar algo
que quieras que pase.

Porque sí existe,
es real
y estará ahí mirándome a los ojos
y no querrá irse de mi lado.

18:20

No sé qué duele más,
si una historia que terminó
pero pudo llegar a ser
o una que ni siquiera
tuvo oportunidad de empezar

No sé qué duele más,
haber probado unos labios que tuviste
o nunca haber podido rozar
unos que tanto quisiste.

No sé qué duele más,
ya no tener esas caricias que erizan
o nunca haber podido sentir
el roce de sus manos.

No sé qué duele más,
haber tenido para perder
o haber tenido miedo a perder
cuando ni siquiera pude tener.

No sé qué duele más,
aquel que estuvo, pero se marchó
o aquel que ni siquiera llegó a estar.

8:34

"Eres un jodido espectáculo
y los demás
son simplemente tu audiencia."

Y que te lo repitas cada vez
que miras a esa persona frente al espejo.

Y que sonrías siempre
porque en tu risa está tu poder,
está tu magia.

Y que aunque la vida se torne dura
no desistas.

Que resistas
y no dejes de regalarle al mundo
la alegría que desbordas cada día.

21:43

Ya no quiero
tu reflejo en mis pupilas.

Ya no quiero
tu recuerdo en mi memoria.

Ya no quiero
tu sabor en mis labios.

Ya no quiero
tu perfume en mis sábanas.

Ya no quiero
tu voz en mis canciones.

Ya no quiero
tus falsos "te quiero"
susurrados a mi oído.

Ya no quiero
tus caricias vacías
en mis brazos.

Ya no quiero
la forma de tus manos
sobre mi cuerpo.

Ya no quiero
tus pasos andando
por mi camino.

Ya no te quiero aquí,
en mí,
ni conmigo

Y como no parece
que vayas a marcharte por completo
en algún momento,

entonces decido marcharme yo.

5:32

Quizá en un universo paralelo
me echas de menos,
y te preguntas a mitad
del día cómo estaré
o qué estoy haciendo.

Querrás saber si estoy bien,
si soy feliz,
si ya he conocido a alguien.

Quizá te dan ganas de llamarme
pero te arrepientes luego.

Quizá te apetece aparecer de sorpresa
en casa porque crees que también
te echo de menos.

Quizá me piensas muy seguido
y te cuesta sacarme de tu cabeza.

Y probablemente estás con otras
mientras desearías estar conmigo.

Me gusta pensar que existe
ese universo paralelo
en que el tú
sientes todo lo que yo
estoy sintiendo en este.

Es mi único consuelo
mientras sigo intentado

sacarte de mí.

11:47

Yo la verdad es que no pido mucho,
con tener tus ojos
para perderme
todos los días de mi vida
me basta.

Pero sigo aquí
perdida en las miradas
con las que me cruzo a diario
sin posibilidad de poder encontrarme.

Sé que llegará el día en el que
finalmente me mires
y me encontraré,
te encontraré,
me encontrarás.

Mientras tanto seguiré perdida
en este mar de miradas vacías

En este mapa
que no me lleva a ningún lado.

Hasta que un día
pueda dar con mi destino.

Pueda dar con el lugar
donde debo estar.

Ese día
en el que finalmente
el camino
me lleve hasta ti.

Para no volver
a perderme
nunca más.

15:49

Esa manera que tienes
de conquistar todo a tu paso,
de conquistar el mundo,
a todos los que te rodean,
a la vida.

Nada de eso
se compara a la manera
en que conquistas mi amor.

Y qué manera, qué profesionalismo
tienes para enamorarme,
para volverme loca,
para hacerme quererte
sin olvidarme de quererme a mí misma.

Contigo descubrí
lo que es en realidad el amor,
ese en el que quieres sin frenos a alguien
así como a ti mismo.

Ahí supe que era amor.

Lo demás simplemente
fue un calentamiento
para poder llegar preparada
a esta batalla
en la que finalmente
no hay perdedores.

Porque cada día
ganamos los dos.

Juntos.

19:26

Te vas a pasar la vida buscando
y buscándote
en personas,
en lugares,
en cosas,
porque quieres saber
cuál es el sentido de tu vida,
quieres saber qué vienes a hacer aquí.

Pero lo que no sabes es que eso,
justamente eso que estás haciendo
mientras te buscas a ti misma,
es tu sentido de estar aquí.
Todo ese amor, esa huella,
todo eso que dejas a tu paso
mientras tratas de encontrarte,
esa es tu misión,
eso eres.

Una tormenta
que deja vida a su paso
y se lleva consigo
todas esas personas
que llegaron a tener las agallas
de conocerla.

Eso eres pequeña,
inolvidable,
impredecible,
perseverante,

vida.

22:43

Ahora que lo pienso
y ahora que ha pasado tanto tiempo
después de que te fuiste,
después de que dejamos de ser;
creo que exageré un poco el dolor
que me hiciste sentir,
lo exageré tanto como exageré
lo feliz que creí haber sido a tu lado.

Ahora sé que hay mucho más allá afuera
esperando por mí,
y si contigo creí ser feliz
no imagino la puta alegría que voy a sentir
cuando en realidad lo sea.

Que sí, que te agradezco por todo,
que fueron unos buenos años
pero los habrá mejores

y sin ti.

00:53

Hace rato que el miedo
me invade al cerrar los ojos.

Necesito que regreses
pero que esta vez
te lleves contigo tu recuerdo,
no quiero una vida
sintiéndote tan cerca
cuando nunca llegaste a estar.

Regresa,
pero hazlo para marcharte
de verdad esta vez.

3:23

Hay momentos
en los que siento
que no puedo tocar más fondo
pero siempre la manera
en la que me hundo
me da a entender
que los golpes
aún no se acaban,
y que siempre
se puede ir más abajo
porque mientras más fondo toques
más fuerte serán
las ganas de llegar más lejos.

19:27

Y te pasarás la vida creyendo
que quien sufrió fui yo,
creyendo que me rompiste
aunque yo ya lo estaba,
creyendo que no encontraré
a alguien como tú,
creyendo que podrás tener algo mejor.

Todo esto hasta el día en que
finalmente, de golpe,
te des cuenta todo lo que perdiste
y que al final, fui yo la que a pesar
de que salió herida de esta batalla
triunfó mucho más que aquel
que creyó salir victorioso.

22:37

Decepciona que sepas
perfectamente el camino
hasta mi casa
y aún así
no hayas venido a buscarme.

Y qué tonta soy
por seguir esperando(te)
y quizá me cuestiono
¿por qué no voy entonces y lo busco yo?

Pero hay personas
que no merecen
que luches por ellas
porque son de esas
que te ven caer
y en vez de darte la mano
te pasan por encima,
pero es difícil para nuestro corazón
aceptar esa jodida realidad.

Sé que en algún momento
ya no te esperaré,
ni a ti ni a nadie.

14:28

Yo seguiré con mi vida
y tú fingirás hacerlo,
harás creer que te va muy bien
y eres feliz.

Pero nunca podrás cambiar el hecho
de que le hiciste daño a alguien
que solo quiso verte feliz.

Y yo prefiero vivir sabiendo
que di todo a pesar de haber salido herida,
a tener que vivir con esa sensación
de que rompí el corazón de alguien
que lo único que supo hacer
fue cuidar del mío.

23:11

Quizá los dos estamos igual de rotos
y nos sentimos a salvo
refugiándonos en nuestros pedazos
lejos del desamor que nos ofrecen los demás.

Quizá no es amor,
quizá no signifique nada.

Solo somos dos personas
que son capaces de vivir
la una sin la otra,
pero que, a veces
cuando cae la noche
y la vida se torna oscura,
estando juntas,
son capaces de regalarse
un poco de luz.

8:24

Todavía siento
ese último abrazo
que nos dimos
aquel día de enero,
cuando me abrigabas del frío
para luego desaparecer de mi vida.

Sin dejar rastro,
sin dejar huella.

Solo un puñado de heridas
aún cicatrizando.

Tan puto fue ese día
que el invierno
se quedó hasta abril.

22:58

¿Has pensado que en ese punto
donde crees haberte perdido,
es en realidad cuando finalmente
te reconoces?

Quizá estabas tan enfocada
en querer encontrarte
que cuando finalmente lo hiciste,
no lo supiste ver.

Así como quizá en ese momento
en que estamos a punto de rendirnos,
en realidad estamos cogiendo impulso.

O ese momento en que nos sentimos
débiles y vulnerables,
en realidad estamos haciéndonos más fuertes.

No lo tengo claro pero a veces siento
que cuando creo estar frente al final de algo,
en realidad estoy cobrando vida,
estoy volviendo a nacer.

Sí, es el fin de algo pero ese algo
lleva al principio de otra cosa
y supongo que por eso nos cuesta verlo.

A veces es más fácil aceptar el final
que mirar de frente a lo desconocido
pero me arriesgo
o al menos lo sigo intentando.

Hoy no sé si me he perdido
o me he encontrado

pero continúo cada día
tratando de averiguarlo
sin dejar de vivir en el intento.

17:56

Alguien que vea el mundo en tus ojos
y se quiera quedar a vivir
en cada uno de tus pestañeos.

Alguien que te mire como si toda su vida
hubiera estado ciego y ahora no sabe
que más hacer que mirar
cada jodido detalle de ti,
sin querer perderse ni un momento
ninguno de tus suspiros.

Alguien que te sienta
como si de alguna manera
algo hubiera estado muerto dentro de sí
toda su vida y al escuchar
tus pasos aproximándose volviese a nacer.

Alguien que ya no tenga duda
de que los sueños se hacen realidad
porque te tiene de frente.

Alguien que hace mucho
dejó de pedir deseos
porque la vida le concedió
el que más quería.

Alguien que vea todo lo que fuiste,
eres y en lo que te conviertes cada día
y aún así, con todas tus (hu)idas y venidas
decide quedarse a tu lado
acompañándote en cada paso.

19:24

Quiero todos los besos
que me debes por todo el tiempo
que estuve esperándote.

Quiero todas las caricias
que nunca tuve en noches de tormenta.

Quiero todos los abrazos
que faltaron cuando más necesitaba.

Quiero todos los viajes
que nunca llegué a hacer,
contigo.

Quiero que ahora, después de tanto,
caminemos juntos, nos llevemos de la mano.

A veces siento que de alguna manera
las cosas que no llegaste a hacer
en compañía de alguien se van acumulando,
hasta que llega esa persona y de alguna manera
sientes que tienen una deuda pendiente.

Quiero quererte por todo el tiempo
que estuve mirando a la puerta
esperando verte llegar.

Ahora que estás, no quiero
dejar de mirarte ni un segundo.

Quiero disfrutar a tu lado cada minuto
que antes no tuve la oportunidad

de vivir en tu compañía.

7:43

A veces somos capaces de regalar
nuestro último respiro
a quien nos lo robó,
no sé si sea masoquismo,
no sé en realidad qué es.

Supongo que la capacidad
que a veces tenemos
de querer a alguien a pesar del daño,
un amor con todo y tóxico
que nos hace desvanecernos lentamente
y lo peor es eso,
no llegan nunca a morir del todo
esos sentimientos por esa persona.

Simplemente se van a otro lugar
para permitirnos continuar pero siguen ahí,
muy dentro.

Hay amores que te fulminan el alma
y de alguna manera una parte de ti muere,
y quien sea que llegues a ser después
es una persona que no podrá
volver a ser la misma ni a sentir igual de nuevo
o tan siquiera volver a sentir.

12:10

Hay personas que son herida
y van por la vida
tratando de sanar
o curar a otros,
porque saben lo que se siente,
porque entienden el daño
pero a pesar de que
piensan más en los demás que en ellas
no son fáciles de tener en tu vida.

Tienes que estar preparado,
son todo o nada,
van contigo mucho más allá
o prefieren seguir haciendo camino solas.

Hay personas que son herida,
que están heridas y por ello,
son más de querer salvar a otros
que a sí mismos.

20:45

El otro día me preguntaban
que me gustaría hacer que todavía
no había logrado y solo supe responder:
encontrarme.

Aunque vivo con un miedo constante
de no saber si algún día lo haré o no,
creo que esa sensación de creer
que finalmente lo hice para luego
darme cuenta de que no,
es lo que me frena,
es lo que me aterra.

Ojalá algún día pueda mirarme al espejo
y reconocerme de una vez por todas
y no tener que volver a despertar
una mañana preguntándome de nuevo
quién soy y que mi reflejo
no me sepa responder.

El infinito es la distancia

que hay entre lo que fuimos ayer

y lo que quizá podamos llegar a ser

si nos miramos a tiempo

en otra vida.

Mi único propósito cada año:
vivir.
Mi única meta:
contigo.

Lo demás que me sorprenda.
No quiero hacer planes,
no quiero fijar objetivos
con tal de que estés conmigo
lo demás que llegue,
lo enfrentamos,
juntos.

∞

Nunca sabes el impacto
que puedes llegar a tener
en la vida de alguien.

Así que,
sé amable siempre:
No des alas si no sabes volar
y no hagas promesas
que no puedas cumplir.

∞

Poesía son esos que se atreven
a amar y a decir lo que sienten,
cuando no está asegurado
nada de vuelta,

ni siquiera una respuesta.

∞

El amor existe
y lo supe desde que te cruzaste
frente a mí y me miraste

directamente al alma.

Y me convencí de que sí,
el amor existe,
porque tú lo haces también.

∞

Resulta irónico
que las personas que están
más destruidas por dentro
son las más capaces
de hablar del amor
y son las que saben explicarlo
como nadie nunca podrá.

∞

Dichosas aquellas
que tengan y han tenido
la oportunidad de estar cerca
de tus labios.

A mí quitándome el sueño
y a ellas haciéndoselo realidad.

∞

Y justo cuando crees
que no hay nada peor
que echar de menos a alguien,
echas de menos a alguien
que no se lo merece.

Y eso sí que es realmente jodido.

∞

No te conozco
pero si me lo permites

admito que solo sobrevivo
por estas ganas de querer hacerlo.

Así que ven,
déjame quererte y hacerte feliz.
Esa es mi única intención,
lo prometo.

∞

Ya varias veces que he lavado las sábanas
pero todavía está plasmado
el "no te vayas" que te dije.

Supongo que ellas
tampoco han sabido dejarte ir.

∞

Ella decidió tener por siempre
la luna en su pecho
porque entendió
que nunca quiso a nadie
que la llevara hasta ella
porque la luna,
es ella.

∞

Tú no te dejas querer
y yo no sé otra forma de vivir esta vida
que no sea queriendo,
queriéndote,
a ti,
siempre.

∞

Los domingos se hicieron
para recapacitar sobre las decisiones

de los sábados por la noche,
y prometer(mentir)nos
no volverlo a hacer.

Nunca llegaste a saber
cómo cambiaste mi vida
y ahora nuevamente
tengo la tarea de olvidar.

Me emborracho para olvidarte
y es cuando más te recuerdo.
Ya no sé qué otro vicio tener
para que tú dejes de ser uno.

Yo ya no quiero mariposas
quiero que vueles conmigo.

No sabes cuánto yo (te) quería
pero ni la vida,
ni el destino,
ni el tiempo,
lo quiso así.

Hay personas que son guerra
y otras por las que todavía
es posible creer que existe la paz,
porque ellas lo son,
porque la traen a tu vida.

∞

Me dijiste que lo mejor era no aferrarnos

mientras cerrabas el candado de las cadenas
con las que me ataste a ti.

∞

Es muy fácil quitar la ropa
Pero,
¿a cuántas
les has podido desnudar el alma?

∞

Me perdí completamente
en el instante en que
me vi reflejada en tus ojos.
Ahora que no estás,
no tengo manera de regresar.
Eras tú,
mi único destino.

∞

En algún momento de mi vida
tendré que aceptar
que no todo lo que (te) quiero
lo puedo tener(te).

∞

Era como si tuviera miedo
pero eran más las ganas
de enamorarme de ti
y quererte en mi vida,
que lo que importaba el desenlace.

∞

Poesía es una tarde de otoño en el parque
en la que tus labios no logran
despegarse de los míos.

∞

He perdido la batalla, amor
desde el primer momento
en que te miré a los ojos lo supe.
No había manera de que pudiese
salir ganando de esta.

∞

Porque tú siempre quieres
encontrarle lo bonito a todo,
cuando no te das cuenta que todo lo bonito,
eres tú.

∞

Y si hablamos de vicios,
podría empezar por tu boca
y terminar por tus manos
explorando cada ruta
de mi cuerpo hasta que
lleguemos a nuestro destino.

∞

Derrota es no poder volver
a tenerte cerca
cuando aún hay fuego en mi alma
ardiendo por ti.

∞

Miedo a vivir esta vida
sin la oportunidad de
besarte una vez más.

∞

Quiero todos los besos que me debes
por todo el tiempo que estuve esperándote.

∞

Eres el caos que de alguna forma
me trae calma.

∞

Tengo ganas de saber
qué figura se forma
en la constelación de lunares
de tu espalda.

∞

Se me están acabando los suspiros
de tanto pensarte.
No hago otra cosa que echarte de menos.

Vuelve,
aún te sigo esperando.

∞

Caminar por esta vida solo, es posible.

Pero sabiendo que tú existes,
es simplemente un completo desperdicio.

Así que ven,
tómame de la mano
y caminemos juntos.

∞

Yo me creí fuerte hasta que escuché a alguien pronunciar tu
nombre,
al mismo tiempo que escuché caer mi corazón,
de golpe, al suelo.

∞

Billones de caras,

billones de cuerpos,
billones de miradas,
billones de besos,
y en todos
te sigo buscando a ti.

∞

No termina de llover,
ni ahí fuera,
ni aquí dentro.

∞

Ya nada ni nadie me llena,
qué putada, este vacío que dejaste.

∞

Con suerte, conoces la muerte
aún estando en vida.
Amor, lo llaman.

∞

Sonreír es lo único que sé hacer
cuando las palabras se me atoran en el alma
y no me sale ni un respiro,
porque hasta eso te llevaste de mí.

∞

Yo buscaba la perdición
y te encontré.

∞

Fue como si todo fuera perfecto estando juntos
pero no era el momento de ser o estar.
Eso fuimos:
Lo que no estaba destinado a ser.

∞

Y que no importa qué día sea del año,
en su sonrisa siempre es primavera.

∞

Juguemos:
el primero que muestre interés
pierd(o)e.

∞

A pesar de que siempre he perdido
nunca me he sentido derrotada.
Creo que más pierden aquellos que se van,
que yo, que siempre soy la que se queda.

∞

A mí me encanta conquistar con letras
el problema es que no a todo el mundo
le gusta leer.

∞

Ahora sonrío un poco más
y te recuerdo un poco menos.

∞

No es que sea difícil olvidarte
sino aceptar el hecho
de que tú ya lo hiciste.

∞

Y entonces llega la lluvia,
y te hace sentir
un poco más solo,
un poco más roto,
más triste
y así la noche
se hace más larga.

∞

Tan relativo el tiempo,
que prefiero una noche contigo
a toda la vida sin ti.

∞

- Y para ti, ¿qué es la vida?
Él sonrió y me miró.
Nunca el silencio había sido mejor respuesta.

∞

Se cruzaban a diario,
ella no dejaba de mirarlo,
él no se daba cuenta.
Ella con los días
se cansó,
lo olvidó.

Y entonces
un día se volvieron a cruzar,
él finalmente levantó la mirada,
pero ya era tarde.

∞

No sabes cuántas veces
te he besado con la mirada.

∞

Qué manía la mía
de querer entrar a tu vida a salvarte
y qué manía la tuya
de terminar salvándome a mí.

∞

Me hiciste ver que
detener el tiempo es posible,

con la persona correcta.

∞

Te amé.
En tiempo pasado
para que no duela
pero sobre todo
para yo creérmelo.

∞

Mis suspiros más profundos
inhalan tu ausencia
y exhalan tu nombre.

∞

No sé a cuántas estrellas
les pedí que te quedaras
Al final,
el fugaz fuiste tú.

∞

Creo que todos merecemos un amor
que sepa más de nosotros
que nosotros mismos.

∞

Arriesgarse a amar
tiene un precio muy alto a pagar,
pero, sin duda,
será la mejor inversión de tu vida.

∞

Y entendí que las personas no se van
que soy yo la que se queda
porque nunca he aprendido
a dejar de luchar por lo que quiero.

∞

Lo peor de tener que ver a esa persona irse
es que, cuando lo hace,
es cuando más se queda.

∞

A pesar de que a mí me gusta querer bonito
todavía no he aprendido a dejar
que me quieran a mí también.

∞

Aún soy capaz de darlo todo
porque sé lo que se siente
cuando no te dan nada.

∞

No me voy a conformar con los pétalos
porque yo merezco un puto jardín.

∞

No me importa volver a quemarme
con tal de que sea con tu fuego.

∞

El reloj ha marcado la misma hora
desde que te fuiste.

∞

Qué manía extrañarte
cuando nunca te tuve.

∞

Yo aprendí a aceptar esas disculpas
que nunca me llegaron a dar.

∞

Y a pesar de que nuestra historia
no pudo llegar a ser
creo que vivir de la ilusión
fue lo más bonito
que pudo haber pasado.

Aunque nosotros no lo hicimos.

∞

Sigo apostando todas mis fichas al amor
a pesar de que siempre he perdido.

∞

Me llevas de la mano y no entiendo
qué hice bien en la vida
para merecerte.

∞

Me gusta pensar
que también imaginas
tus labios rozando los míos.
Curando todo mal,
llevándose toda herida.

∞

He dado demasiado a aquellos
que no saben dar de vuelta
y que además
se llevan todo de mí.

∞

Qué bonito ver
cómo llevas tus batallas perdidas en alto
y las conviertes en victorias.

Qué bonito ver cómo le sonríes

a tus cicatrices,
las acaricias
y las cuidas
con tanto orgullo.

∞

Nunca he sido de las que saben cuándo marcharse,
soy más de las que agota todos los intentos
hasta que ya no hay más remedio
para arreglar lo que se ha roto.

∞

Me han dicho que lo mejor para los miedos
es besarn(l)os.

∞

Es mejor quedarse con la herida
que con la duda.

∞

Me he cerrado tanto
con el pasar de los (d)años
que ya no sé qué se siente
que te den una mano
y tampoco sé tomarla
cuando me la extienden.

∞

El olvido viene sin forzarlo
cuando un día, de repente,
decimos "ya basta"
y el tiempo hace su tarea.

Sin pensarlo.
Sin planearlo.

Te olvidé.

∞

Hace tiempo que aprendí
a diferenciar quién llega para quedarse
y quién viene solo
para hacerte aprender una lección.

∞

Yo nunca fui de arrancar pétalos
buscando una respuesta
para saber si me querías o no.
Si ya me estaba haciendo la pregunta
creo que la respuesta era más que obvia.

No, no me querías.
Pero me quiero yo
y eso es mucho más valioso.

∞

Tengo un adiós incrustado en el pecho
que no parece querer desaparecer de mí,
de mi vida.
Si ya es difícil tener que despedirse conscientemente de alguien,
imagina cuando la vida no te da la oportunidad
de, aunque sea, decir adiós.

∞

El tiempo a veces hace
que las cosas duelan más
pero a veces, también
se lleva todo eso que no es necesario
y qué buena sensación nos deja.

∞

Hay personas que son camino

cuando no sabes hacia dónde dar el paso.

∞

A veces hay personas
que en un segundo, ven en ti mucho más
de lo que has logrado ver por ti misma,
en toda tu vida

∞

¿Hace cuánto que no te dan un abrazo sincero?
De esos en que ninguno de los dos
es capaz de soltar.
A veces solo necesitas uno de esos abrazos
que paralizan el mundo y te dan un respiro
para poder continuar.

∞

Hay días en los que despierto
con el mundo entre las manos
y otros en los que me encuentro debajo de él,
sin encontrar una salida.

∞

Nos enamoramos de la idea
de lo que pudo haber sido
y por eso nos duele tanto
cuando nos golpea la realidad.

∞

Hay heridas que el tiempo no puede curar.
Aunque sí adormecer,
supongo.

∞

Hay personas que llegan para irse
y aunque lo sepa,

siempre voy a lanzarme a sus brazos
sabiendo que mañana
no me van a seguir sosteniendo.

∞

Mereces a alguien que quiera saber todo de ti
aunque le lleve toda una vida hacerlo.

∞

Alguien que vea el mundo en tus ojos
y se quiera quedar a vivir
en cada uno de tus pestañeos.

∞

Yo soy más de bailar toda la música
que la vida me regala
a quedarme sentada esperando
que suene mi canción favorita
para dar un paso.

∞

Ojalá algún día logre quererme
como he llegado a querer a otros.

∞

Hay suspiros tan largos y profundos
que puedes escuchar perfectamente
el nombre a quien le pertenecen.

∞

Finalmente he aprendido
a llevar la tristeza en los ojos
y que no me frene la sonrisa.

∞

Hay personas por las que el corazón
a veces es capaz de saltarse un latido,

pararse por un momento.
Y justo en ese instante, sonríes.

∞

A veces irse requiere mucha valentía
pero quedarse,
quedarse también.

∞

Hace tiempo que todo aquí dentro
se volvió escudo.

∞

¿A cuántos latidos estoy
de no vivir más decepciones?

∞

En esta guerra de palabras
ya no quedan sentimientos que ganen.

∞

Hay personas que son capaces
de hacer melodía, cada aliento que te roban.

∞

De los pétalos que tenía por latidos
hoy solo quedan espinas.

∞

Lo siento,
nunca he sabido improvisar sentimientos.

∞

¿Sabes qué es bonito?
Encontrar el mismo brillo de la luna
en las pupilas de alguien cuando te mira.

∞

Quiero quererte por todo el tiempo
que estuve mirando a la puerta
esperando verte llegar.

∞

He pensado que a lo largo de la vida
muchas personas te toman de la mano
pero no todas en realidad lo hacen igual.

∞

No puedo evitar sentir
que, a pesar de que todo aquí dentro es tormenta,
tú no pretendes traerme calma
sino que quieres llover conmigo.

∞

Hay finales que son principios
y personas que se marchan
y dejan algo mejor que cuando estaban.

∞

Espero que alguien te mire y sonría
como que si no pudiera creer la suerte
que tiene de tenerte.

∞

Como el sentir del retumbe
de los fuegos artificiales en el pecho,
así, mi corazón cuando me miras.

∞

Éramos espinas
hasta que mirarnos
nos convirtió las heridas en rosa.

∞

El sonido de tu risa
marca las coordenadas de mis latidos.

∞

Seguiré viviendo cada día dando todo,
a pesar de que sienta que aquí dentro
ya no queda nada.

∞

Qué bonito suena
mi nombre desde ti.

∞

Hace muchas lunas
que te espero.

∞

Seguiré construyéndome
con todo el amor que nunca recibí.

∞

Ojalá ahí arriba te siga latiendo el corazón
y me recuerdes, a pesar de haberme perdido
en algún lugar de tu memoria.

∞

Hay personas que no necesitan creer en el amor
porque son capaces de crearlo y por ellas,
es que nunca muere.

∞

A veces lo que no te mata no te hace más fuerte,
lo que si hace que mueras de a poco
es que dejes de intentarlo.

∞

A veces prefiero quedarme con el miedo
porque es que yo soy de agarrarme muy fuerte
y no soltar,
pero al final me terminan soltando a mí
y ya estoy exhausta de intentar.

∞

Soy una mezcla de todos mis yo del pasado
tratando de sobrevivir el presente,
sin saber quién llegaré a ser en un futuro,
pero dejando huella de todo lo que fui.

∞

Hay voces que son canción
y se convierten en la banda sonora de tu vida.

∞

Me fui a bailar con mis miedos,
les pedí que hiciéramos las paces
y aunque los deseos son fugaces,
la lluvia de hoy fue de sonrisas.

Quizá regresen pronto pero aquí seguiré
sonriendo hasta la siguiente tormenta.

∞

¿Sabes ese caos que desatan
y dejan los desastres naturales?
Eso es ella.

∞

Lo siento amor,
me fui a buscar eso que de verdad
me hará feliz en la vida.

Nunca lo tuviste, nunca fuiste tú.

Finalmente lo he decidido,
he salido a buscarme.

Espero que la vida te dé
todo eso que merezcas
y eso no me incluye a mí
porque fui demasiado para ti.

∞

Hay historias que a pesar
de que nunca empiezan,
no tienen un final.

∞

Ahora el dolor
es un poco más fortaleza.
Ahora las lágrimas
son sonrisas frecuentes.
Ahora el futuro
no es tan lejano.
Ahora el pasado
es un monstruo que ya no duerme
debajo de mi cama y
el presente entra siempre por la ventana.
Ahora finalmente soy yo conmigo
y dejé de ser yo contigo.

∞

Recordatorio diario:
dejar de mirar las cicatrices del pasado,
para poder ser capaz de sanar
las heridas del presente
y sonreír por las lecciones
que deja en el futuro.

*Ella buscaba
a alguien
que la salvara*

*y
se encontró.*

~Arte y Musa~

Made in the USA
Columbia, SC
15 April 2018